不死者《ぼく》と暗殺者《かのじょ》のデスゲーム製作活動

ボクトカノジョノ
デスゲームセイサクカツドウ

麻宮 楓
Kaede Asamiya

イラスト／しぐれうい
illustration ＊ Shigureui

第一章

1

校門《こうもん》を出《で》た瞬間《しゅんかん》、空《そら》からメイド服《ふく》の女性《じょせい》が降《ふ》ってきた。

いつもと変《か》わらぬ放課後《ほうかご》の、なんでもない一日《いちにち》のこと。

「はっ？」

思《おも》わず高《たか》い声《こえ》を漏《も》らしつつも、反射的《はんしゃてき》に両手《りょうて》を広《ひろ》げ、彼女《かのじょ》を受《う》け止《と》める。

その衝撃《しょうげき》でバランスを崩《くず》し、僕《ぼく》たちはその場《ば》に倒《たお》れ込《こ》んだ。

「ん、む……」

顔面《がんめん》にやわらかな感触《かんしょく》を覚《おぼ》えつつ、うっすらと両目《りょうめ》を開《あ》ける。

その瞬間、視界《しかい》に大《おお》きな双丘《そうきゅう》が飛《と》び込《こ》んできた。

「あ、あの、大丈夫《だいじょうぶ》ですか？」

僕は慌《あわ》ててその人《ひと》から離《はな》れ、立《た》ち上《あ》がって手《て》を差《さ》し伸《の》べる。

「――ありがとうございます」

彼女は驚《おどろ》いた様子《ようす》もなく、その手を取《と》って身体《からだ》を起《お》こした。そして縁無《ふちな》し眼鏡《めがね》を押《お》し上《あ》げると、銀色《ぎんいろ》に輝《かがや》くショートヘアを揺《ゆ》らせ、こちらを見《み》つめる。

「臥宮生斗様《ふしみやいくとさま》、ですね？」

「……はい、そうですけど、あなたは？」

名前《なまえ》を呼《よ》ばれたことに眉《まゆ》をひそめるが、彼女の表情《ひょうじょう》は変わらない。

「生斗《いくと》様に会《あ》うために、ここで待《ま》たせてもらっていました。目立《めだ》ってはいけないと思い、その木《き》の上《うえ》で隠《かく》れていたのですが、飛《と》び降《お》りようとしたとき、つい足《あし》を滑《すべ》らせてしまいまして」

「結果的《けっか》には、余計《よけい》に目立ってると思うんですけど」

周囲《しゅうい》を歩《ある》く人たちは、チラチラとこちらに視線《しせん》を送《おく》ってきている。

しかしそんなことは気《き》にした様子もなく、彼女は続《つづ》けた。

「突然《とつぜん》ですが、お願《ねが》いがあって参《まい》りました。『あの臥宮生斗《ふしみやいくと》』へのお願いです」

――さらりと告《つ》げられた、その申《もう》し出《で》に、緊張《きんちょう》が走《はし》る。

「えっと、それは、ただのお願いじゃないってことですか？」

「ご理解《りかい》が早《はや》くて助《たす》かります」

「――分《わ》かりました。詳《くわ》しく聞《き》かせてください」

僕がうなずくと、彼女はすぐに背《せ》を向《む》け、歩き出《だ》す。その後《うし》ろに続くと、その人はこちらに目《め》も向けずに言《い》った。

「ご主人様《しゅじん》に、会ってもらいたいのです」

「ご主人様？」

「はい。私《わたし》のご主人様です。もちろん、それ相応《そうおう》の報酬《ほうしゅう》はお支払《しはら》いします」

いぶかしむ暇《ひま》もなく、彼女は金額《きんがく》を口《くち》にし、同時《どうじ》に僕は目を見開く。

100万円《まんえん》。

ただの高校生《こうこうせい》が手にするには、あまりにも大きすぎる値段《ねだん》だ。

（あやしい。何《なに》か裏《うら》がある。すぐに断《ことわ》るべきだ）

真《ま》っ当《とう》な感覚《かんかく》の持《も》ち主《ぬし》なら、そう判断《はんだん》する瞬間なのだろう。

「会おう」

けれど、僕は迷《まよ》わず即答《そくとう》していた。

「会うだけで、その報酬はもらえるんですよね？」

「はい。ひとまずは会うだけです」

「ひとまず、ね……。オッケー、商談成立《しょうだんせいりつ》ってことで」

快諾《かいだく》すると、彼女はチラリとこちらに視線を送ってから、無言《むごん》のまま足を進《すす》める。

そんな彼女の後《あと》に付《つ》いていき、やがてたどり着《つ》いたのが、とある豪邸《ごうてい》の前《まえ》だった。

街《まち》はずれに建《た》てられた、漆黒《しっこく》の洋館《ようかん》。漫画《まんが》の中《なか》にでも出てきそうな、いかにも怪《あや》しげなその雰囲気《ふんいき》に圧倒《あっとう》されつつも、僕は案内《あんない》されるまま、中へと足を踏《ふ》み入《い》れる。

室内《しつない》も洋風《ようふう》に統一《とういつ》されていて、歴史《れきし》を感《かん》じさせる調度品《ちょうどひん》がそこかしこに並《なら》べられていた。

そのどれもが高級《こうきゅう》そうな輝きを放《はな》っており、『なるほど、100万なんて数字《すうじ》が出るわけだ』と、一人《ひとり》で納得《なっとく》したりする。

そうして黙々《もくもく》と歩き続け、大きな扉《とびら》の前まで来《き》たとき、不意《ふい》にメイド服の女性が口を開《ひら》いた。

「噂通《うわさどお》り、剛胆《ごうたん》なお方《かた》ですね」

「ん、何が？」

「なんの説明《せつめい》も求《もと》めず、見《み》ず知《し》らずの家《いえ》へ招《まね》かれるなんて、あまりにも不用心《ぶようじん》。真っ当な神経《しんけい》の持ち主だとは思えません」

「褒《ほ》めてませんよね、それ」

「褒め言葉《ことば》だと受け止めてください。真っ当な人間《にんげん》では、この『お願い』を叶《かな》えてもらえないでしょうから」

扉に手をかけると、彼女は一気《いっき》に開《あ》け放《はな》つ。

「それでは、ご紹介《しょうかい》しましょう！　彩夢咲《あやめざき》家のご当主《とうしゅ》にして、私のご主人様です！」

——その人物《じんぶつ》を見た瞬間、思わず息《いき》を呑《の》んだ。

薄暗《うすぐら》い大部屋《おおべや》の中央《ちゅうおう》、大きな椅子《いす》に腰《こし》かけたその人の両手には、手錠《てじょう》がかけられていたんだ。

さらに両足《りょうあし》には足かせがはめられていて、その先《さき》には大きな重《おも》りが付けられている。フード付きのローブを頭《あたま》からすっぽりとかぶっているため、その顔《かお》はよく見えない。でも身体の自《じ》由《ゆう》が奪《うば》われていることは確《たし》かで、その異様《いよう》な光景《こうけい》から、僕は目をそらすことができなかった。

その場に立《た》ち尽《つ》くしていると、目《め》の前《まえ》の人物は口を開いた。

「貴様《きさま》が臥宮生斗《ふしみやいくと》か」

「えっ、あ、はい！」

低《ひく》く抑《おさ》えたような声で尋《たず》ねられ、反射的に身体を強張《こわば》らせる。

「単刀直入《たんとうちょくにゅう》に言おう」

そんな僕を見つめたまま、その人は小《ちい》さくうなずき、

「わたしに殺《ころ》されなさい」

「……は？」

その申し出に、高い声が漏れた。

わたしに、殺されなさい？

困惑《こんわく》したまま視線をさまよわせていると、メイド服の人がこちらへ目を向けた。

「彩夢咲《あやめざき》家は、暗殺《あんさつ》を生業《なりわい》とした一族《いちぞく》でした」

物騒《ぶっそう》な単語《たんご》が耳《みみ》に入《はい》り、眉をひそめる。

「依頼《いらい》を受《う》けて人を殺し、その報酬を糧《かて》とする。いわゆる『裏の世界《せかい》』に生《い》きる一族でございます。にわかには信《しん》じがたいことかもしれませんが」

「……なるほど。いや、信じるよ。『そういう世界』があること自体《じたい》は、理解できているつも

りだから。それで、そのご当主様は、どうして全身《ぜんしん》を拘束《こうそく》されてるんですか?」

「ついうっかり、人を殺してしまわないためです」

「う、うっかり?」

えっと、暗殺が生業《なりわい》ってことは、仕事《しごと》として、人を殺してるんだよな?

ついうっかり、誰《だれ》かを殺すなんてことがあるのか?

「順《じゅん》を追《お》って説明しましょう。そもそもの始《はじ》まりは、ご先祖《せんぞ》様の『契約《けいやく》』です。今《いま》よりはるか昔《むかし》、彩夢咲《あやめざき》の始祖《しそ》とされるお方が、暗殺者《しゃ》としての才能《さいのう》を手に入《い》れるために、暗殺を司《つかさど》る神様《かみさま》と『契約』を交《か》わされたのです。その結果、始祖様は強大《きょうだい》な力《ちから》を得《え》て、裏の世界でのし上《あ》がり、一財産《ざいさん》を築《きず》かれたとのことです。以後《いご》、その才能はご子孫《しそん》の方々《かたがた》にも受《う》け継《つ》がれることになり、大きな繁栄《はんえい》がもたらされました。ですが、その代償《だいしょう》として、始祖様の血《ち》を受け継ぐ一族には、ある『呪《のろ》い』が付与《ふよ》されることになったのです。——それが、殺人衝動《さつじんしょうどう》です」

「殺人、衝動……」

「人を殺したいという強烈《きょうれつ》な思いが、胸《むね》の内《うち》で膨《ふく》れ上《あ》がり、理性《りせい》で抑え切《き》れなくなるのです。暗殺の才能を得た副作用《ふくさよう》、とでも言いましょうか。その衝動は思春期《ししゅんき》の頃《ころ》にピークを迎《むか》えて、成人《せいじん》する頃には、どうにか折《お》り合《あ》いを付けられるようになります。……というわけで、生斗様《いくと》に更《さら》なる『お願い』です」

メイド服の人は表情を変えないまま、言った。

「殺人衝動を解消《かいしょう》するため、ご主人様に殺されて欲《ほ》しいのです」

……『わたしに殺されなさい』は、そういう意味《いみ》か。

「えっと、いくつか質問《しつもん》させてください。話《はなし》を聞く限《かぎ》り『ご主人様』は、成人を迎えていない思春期の人だってことですよね？」

「はい、その通りでございます」

「そんなに若《わか》い人が、暗殺一家《いっか》の当主を務《つと》めているということに、違和感《いわかん》があるんですけど」

「当然《とうぜん》の疑問《ぎもん》ですが、事情《じじょう》があるのです。実《じつ》はつい先日《せんじつ》、先代《せんだい》の……、すなわち、ご主人様の母君《ははぎみ》が他界《たかい》されまして。ご主人様は新《あら》たに、当主の座《ざ》を引《ひ》き継《つ》がれたばかりなのです」

彼女はわずかに視線をそらしてから、すぐに続ける。

「本来《ほんらい》なら当主の継承《けいしょう》は、ご主人様が成人されてからのはずでした。しかし不慮《ふりょ》の事故《じこ》により、その予定《よてい》は変更《へんこう》となり、このような現状《げんじょう》を迎えているというわけです」

「緊急事態《きんきゅうじたい》だった、ということですか？」

「だからこそ、生斗《いくと》様のお力《ちから》をお借《か》りしたいのです。ご主人様は衝動を抑えるための心構《こころがま》えも準備《じゅんび》も整《ととの》わないまま、当主となられました。もちろん、このような不測《ふそく》の事態が過去《かこ》にもなかったわけではありません。未成年《みせいねん》のまま当主となられ、見事《みごと》に衝動を抑え切られたという前例《ぜんれい》はあります。ですが、そんな前例はなんの参考《さんこう》にもなりません。なぜなら、ご主人様は特《とく》別《べつ》な存在《そんざい》ですから」

「特別な存在？」

「暗殺の天才《てんさい》、とでも言えばいいのでしょうか。一族の長《なが》い歴史の中でも、ご主人様は稀有《けう》な才能を持《も》って生《う》まれた方なのです。それ故《ゆえ》に、『呪い』の影響《えいきょう》も大きいのでしょう。殺人衝動が非常《ひじょう》に強《つよ》く、そのせいで、日常生活《にちじょうせいかつ》にも支障《ししょう》が出ています。その衝動を抑えるためには、実際《じっさい》に人を殺さなければなりません。しかし彩夢咲《あやめざき》家にとって、殺人はあくまでも仕事です。利己《りこ》的な欲求《よっきゅう》のために誰かを殺すなど、あってはならないことなのです」

「……なるほど、なるほど。ようやく理解できたよ」

殺人衝動を抑え切れないご主人様が、ついうっかり無関係《むかんけい》な人間を殺さないようにするため。

そのためには、僕を利用《りよう》するのが手《て》っ取《と》り早《ばや》いってわけか。

この様子だと、こっちの素性《すじょう》も徹底的《てっていてき》に調《しら》べてるんだろう。その上での、『お願い』だ。

「理解はできたけど、ただし、一《ひと》つだけ疑問があります」

「なんでしょう？」

「その『殺人衝動』とやらが、本当《ほんとう》にあるのかどうか、です。今までの話は全部《ぜんぶ》ウソで、僕を騙《だま》そうとしている、という可能性《かのうせい》はありますよね？」

「信じられないというお気持《きも》ちはよく分かります。神様だとか契約だとか、胡散臭《うさんくさ》い話ばかりですので。実際、始祖様の言《い》い伝《つた》えは、語《かた》り継《つ》がれていくうちに多少《たしょう》の誇張《こちょう》や歪曲《わいきょく》が混《ま》じっている可能性もあるでしょう」

軽《かる》く目を伏《ふ》せ、メイド服の人は縁無し眼鏡を押し上げる。

「ですが、殺人衝動は実在《じつざい》します」

それだけを言うと、彼女は何気《なにげ》なく僕の腕《うで》をつかんだ。

「えっ」

刹那《せつな》、すさまじい殺気《さつき》と共《とも》に、僕の身体が宙《ちゅう》を舞《ま》う。

「か、はっ！」

反応《はんのう》する暇なんてなく、僕は背中《せなか》から床《ゆか》に叩《たた》き付《つ》けられ、肺《はい》の奥《おく》から息を吐《は》き出《だ》した。

苦痛《くつう》に耐《た》える僕の眼前《がんぜん》に、彼女は手刀《しゅとう》を突《つ》き立《た》て、——寸前《すんぜん》で止《と》める。

「突然の無礼《ぶれい》をお許《ゆる》しください。口下手《くちべた》ですので、言葉より行動《こうどう》で示《しめ》した方が、早いかと思いまして。ですが、これでご理解していただけたはずです。生斗《いくと》様も鍛《きた》えてらっしゃるとは思いますが、現時点《げんじてん》では私の方が、圧倒的《あっとうてき》に『上』だということを」

「……あ、ああ」

うなずくと、彼女は僕の手を取って立ち上がらせた。

——格《かく》が違《ちが》う。身体能力《のうりょく》の高さだけじゃない。もっと根本的《こんぽん》な部分《ぶぶん》での、『覚悟《かくご》の差《さ》』みたいなものを、突《つ》き付《つ》けられたような気がした。

今の僕では、何をどうやっても、この人には勝《か》てない。理屈《りくつ》ではなく直感《ちょっかん》で、そんな思いが胸の内に宿《やど》っていた。

「しかし、その私でも、この有様《ありさま》です」

と、彼女はおもむろに自分《じぶん》の衣服《いふく》へ手をかけると、ためらいもなく脱《ぬ》ぎ捨《す》てた。

「えっ」

思わず顔を背《そむ》けそうになるが、視界に飛び込んだものを見て、声を漏らす。

メイド服の人は、その脇腹《わきばら》に何重《なんじゅう》もの包帯《ほうたい》を巻《ま》いていたからだ。

その白《しろ》い帯《おび》には濃《こ》い血の跡《あと》がにじんでいて、『ただ巻《ま》き付《つ》けているだけじゃない』ということがはっきりと理解できる。

「この傷《きず》は、ご主人様の殺人衝動によるものです。生斗《いくと》様を圧倒した私でさえ、この有り様《さま》だということ。それだけで、どれほど深刻《しんこく》な事態なのかを分かっていただけるでしょう」

……ケガをしていたのに、あれだけ動《うご》けたのか。

真《ま》っ先《さき》に浮《う》かんだのは、そんな思いだった。

ということは、本来ならこの人はもっと強いし、そんな彼女でも負傷《ふしょう》を免《まぬが》れなかった、ということだよな。確かにそれは、深刻だ。

「油断《ゆだん》していたとか、不意を突《つ》かれた、という可能性は？」

「ご主人様の前で気を抜《ぬ》いたことなど、一度《いちど》もありません」

「……ついうっかり殺してしまわないように、か。あなただから『この程度《ていど》』で済《す》んだけど、他《ほか》の人だと防《ふせ》げないような事態が、いずれ起きるかもしれない、というわけですね」

「そう考《かん》えていただいて構《かま》いません」

「一応《いちおう》、確認《かくにん》なんだけど、ここに来《く》るときに言われた『お願い』とは別件《べっけん》での依頼ってことでいいんですよね？」

「もちろんでございます。報酬に関《かん》しても、すでに生斗《いくと》様の口座《こうざ》への振《ふ》り込《こ》みを済ませてますので、ご心配《しんぱい》なさらず」

「……口座番号《ばんごう》まで知《し》られてるんですか？」

「さすがに暗証番号《あんしょう》までは把握《はあく》してませんが」

把握してませんが、じゃないよまったく。

後でちゃんと、色々《いろいろ》とチェックしておかなきゃいけないいな。

と、あれこれ思案《しあん》に耽《ふけ》っていると、

「ええい、面倒《めんどう》な奴《やつ》だな！」

不意に前の方《ほう》から叫《さけ》び声《ごえ》が聞こえた。

目を向けると、椅子から立ち上がった『ご主人様』の姿《すがた》が飛び込んでくる。

『ご主人様』は大きく息を吸《す》うと、意《い》を決《けっ》した様子で叫《さけ》んだ。

「貴様も男《おとこ》なら、つべこべ言わずに、黙《だま》って首《くび》を縦《たて》に振《ふ》りぇい！」

……振りぇい？

「――あっ、うっ、あっ」

僕が眉をひそめると、『ご主人様』は慌てた様子で身体をもぞもぞ動かした。

「ち、違う……、い、今のは、ちょっと、噛《か》んだだけで！」

そして叫びながら両手を口元《くちもと》に当《あ》てようとして、

「んひゃ！」

腕にかけられた手錠が顔に当たり、高い声を漏らす。

「ん、んんん〜〜〜っ！」

痛《いた》みに悶《もだ》えつつ、『ご主人様』はじたばたと暴《あば》れ、

「あっ！」

そのせいで、足かせに付けた鎖《くさり》に引《ひ》っかかり、盛大《せいだい》に転《ころ》んだ。

同時に、頭からかぶっていたローブがはだけて、その頭部《とうぶ》が露《あら》わになる。

「ん、く……」

耐えるような声を上《あ》げ、『ご主人様』はゆっくりと身体を起こし、

「──お、女《おんな》の子《こ》？」

その素顔《すがお》を見た瞬間、僕の鼓動《こどう》が跳《は》ね上《あ》がった。

そう。『ご主人様』は、女の子だったんだ。

年齢《ねんれい》は僕と同《おな》じか、少《すこ》し年下《としした》くらい。その肌《はだ》は透《す》き通《とお》るように白く、涙目《なみだめ》になった瞳《ひとみ》はキラキラと輝いている。艶《つや》やかなロングヘアは青《あお》みを帯《お》び、神秘《しんぴ》的な雰囲気を醸《かも》し出《だ》していた。

そんな彼女を見つめたまま、頭の中は少しずつ真《ま》っ白《しろ》になっていく。

理性や冷静《れいせい》さ、集中力《しゅうちゅうりょく》や警戒心《けいかいしん》、その他諸々《たもろもろ》の思考《しこう》が溶《と》けていくのを感じながら、それでもその子《こ》から目をそらすことができなかった。

いったい僕はどうしたんだ、と自分で自分の気持ちが理解できない中、

「も、もう無理《むり》、無理！　これ以上《いじょう》は無理ぃっ！」

彼女は悲痛《ひつう》な声を上げる。

「アイシャ、これ以上は無理よ！　当主らしい厳格《げんかく》な振《ふ》る舞《ま》いなんて、わたしなんかにできるわけないわ！」

「落《お》ち着《つ》いてください、ご主人様。生斗《いくと》様が見ていますよ」

「……あっ」

我《われ》に返《かえ》ったのか、彼女は軽くセキ払《ばら》いをし、立ち上がってこちらを見上《みあ》げた。

「え、えっと、改《あらた》めて、こんにちは……。わ、わたしが当主の、彩夢咲《あやめざき》レオナです。レオナと呼んでください」

「あ、はい。臥宮生斗《ふしみやいくと》です。こんにちは」

「アイシャも、自己《じこ》紹介して」

「はい。彩夢咲《あやめざき》家に仕《つか》える、アイシャと申《もう》します。お察《さっ》しの通り、どこにでもいるごく普通《ふつう》の有能《ゆうのう》メイドです。以後、よろしくお願いします」

「……自分で自分のことを、有能って言っちゃうんだ」

「感情《かんじょう》を殺して、機械《きかい》のように完璧《かんぺき》な仕事をこなす。そういうメイドはこの業界《ぎょうかい》にいくらでもいると思いますが？」

「そ、そういうものなのか」

「はい、そういうものです」

あっさりと言われて、それ以上は反論《はんろん》できなくなる。

「ご主人様が絶世《ぜっせい》の美女《びじょ》であることは分かっていただけたでしょうし、話を続けましょうか。先ほども申しましたが、本来なら殺人衝動は暗殺を実践《じっせん》するうちに付《つ》き合《あ》い方を学《まな》んで、少しずつ制御《せいぎょ》できるようになっていくものです。しかし、ご主人様はお優《やさ》しい方です。実践することと自体を拒《こば》まれています」

「ん、えっと、ですね……」

アイシャさんの視線を受け、レオナは恐《おそ》る恐《おそ》るといった感じで口を開いた。

「わ、わたしは、当主の座を継《つ》ぎましたが、暗殺稼業《かぎょう》を続けるつもりはありません」

意外《いがい》な言葉に、僕は軽く眉をひそめる。

「こ、こういう家で育《そだ》ちましたが、『人を殺してはいけない』ということは分かっているつもりです。母もわたしに跡を継がせるつもりはなかったのか、ひ、人を殺す技術《ぎじゅつ》とか、心構えとか、そういうのも、教《おし》えてもらったことがありませんし……。そもそも、なんの仕事をしていたのかも、つい最近《さいきん》まで知りませんでした。なので無理です。わたしには無理なんです。暗殺一家としての彩夢咲《あやめざき》は、わたしの代《だい》で終《お》わりです」

廃業《はいぎょう》、ということか。

確かに、人を殺す仕事なんて、やりたくないのならやるべきじゃないだろう。

「幸《さいわ》いにも、母の残《のこ》してくれた財産がありますので、……い、いや、あの、親《おや》が死《し》んでるのに、幸いと言っていいのか分かりませんけど、とにかく、しばらくの間《あいだ》は生活にも困《こま》らないと思います。アイシャも、お給料《きゅうりょう》をもらえる間はしっかり働《はたら》くと言ってくれてますし」

「問題《もんだい》は一つだけ」

と、アイシャさんはゆっくりと、人差《ひとさ》し指《ゆび》を立《た》てた。

「殺人衝動は、どんな事情があろうと構わず襲《おそ》ってくるということです」

「うっ……」

レオナはうつむき、小刻《こきざ》みに身体を震《ふる》わせる。まるで、自分自身《じぶんじしん》を恐《おそ》れているかのように。

「だからこそ、生斗《いくと》様に協力《きょうりょく》していただきたいのです。ご主人様を救《すく》えるのは、生斗《いくと》様しかいません。どうか力を貸《か》していただけないでしょうか?」

アイシャさんは深《ふか》く一礼《いちれい》してから、まっすぐな瞳でこちらを見る。

——事情は分かった。その提案《ていあん》は実に合理《ごうり》的だ。全《すべ》てが理《り》に適《かな》っているし、被害《ひがい》を最小限《さいしょうげん》に抑えるためには、『臥宮生斗《ふしみやいくと》という存在』を積極《せっきょく》的に利用すべきだろう。

いずれにせよ、僕の気持ちは変わらない。理屈なんて関係《かんけい》なく、答《こた》えは決《き》まっていたからだ。

「生斗《いくと》さん」

上目遣《うわめづか》いの表情で、レオナが僕を見つめる。

その顔を目にした瞬間、僕は即座《そくざ》にうなずいた。

「なんでもしますから、わたしのお願いを聞いてくれませんか？」

「よし、引《ひ》き受《う》けるよ！」

——奇妙《きみょう》な静寂《せいじゃく》が訪《おとず》れた。

え、えっと、あの、ちょっと、待って。

違う、そういう意味じゃない。今のはたまたま、セリフがかぶっただけで……。

「やはり生斗《いくと》様も、健全《けんぜん》な男《おとこ》の子《こ》ということですね」

まずい、これは確実《かくじつ》に、誤解《ごかい》されてる。

「分かります。そのお気持ちはよく分かります。ご主人様の美貌《びぼう》を前に、本心《ほんしん》を偽《いつわ》ることなど不可能《ふかのう》ですよね」

「あ、あの、そうじゃなくて……」

「ですが、ご心配なく！　そんな生斗《いくと》様のための、特別なプランも用意《ようい》しています！」

アイシャさんは懐《ふところ》から小さなホワイトボードを取《と》り出《だ》すと、そこにサインペンで何かを書《か》き殴《なぐ》り、僕の目の前に提示《ていじ》した。

「本来なら金銭《きんせん》での報酬を予定していましたが、生斗《いくと》様は肉欲満足《にくよくまんぞく》プランをご希望《きぼう》とのこと。ですので、ここからは交渉《こうしょう》の時間《じかん》に入らせていただきます！」

ホワイトボードに書かれていたのは、『ワンタッチ』という文字《もじ》だ。

「え、えっと、これは、どういう……？」

「文字《もじ》通《どお》り、『一度《ど》ならお触《さわ》りオッケー』ということです！　さあ、どうなさいます？　この条件《じょうけん》で承諾《しょうだく》していただけますか？」

「い、いやいや、ダメだろ、そんなの！」

「なるほど、これだけでは満足できないと、そういうことでございますね？」

「そ、そうじゃなくて……」

「それでは『ワンタッチ』に加《くわ》えて、こういうのはどうでしょうか？」

彼女はさらに『ハグ』という字《じ》を書《か》き加《くわ》え、僕の前に突き付けた。

「いや、いやいやいや、だから、そうじゃなくって……」

「なんと、これでもダメですか？　ハグですよ、ハグ。ご主人様を抱《だ》きしめることができるのですよ？　私だったらノータイムでオッケーするところなのですが」

アイシャさんは軽蔑《けいべつ》するような目を向けつつ、ゆっくりと首を横《よこ》に振る。

「となると、あとは『フリータイム』しか——」

「か、身体目当《めあ》てじゃないから！」

たまらず叫ぶと、二人《ふたり》は同時にきょとんとした顔でこちらを見た。

「僕のことをどう思ってるのかは知らないけど、そういうのじゃないから！　そうじゃなくて、単純《たんじゅん》に、協力したいって思っただけなんだ！」

「そう、なんですか？」

僕の悲痛な叫びに、レオナは戸惑《とまど》った表情を浮かべる。

「わたしは最初《さいしょ》から、覚悟を決めていましたけど」

「……はい？」

「だ、だって、わがままを言えるような状況《じょうきょう》じゃないですから。も、もちろん、恥《は》ずかしいのは恥ずかしいですけど、わたしの身体一つでどうにか解決《かいけつ》できるのなら……」

全身をモジモジさせつつ、彼女は言った。

「あ、でもでも、誰でもいいわけじゃないんです。……その、生斗《いくと》さんならいいかなって」

その一言《ひとこと》に、鼓動が跳ね上がる。

僕ならいい？　それって、どういう意味だ……？

「アイシャから生斗《いくと》さんのことを聞いて、信頼《しんらい》できる方だと判断しました。それに、こうして実際にお会いしてみて、なんだか妙《みょう》に親《した》しみを覚えるといいますか。変《へん》な話ですけど、あなたとは初《はじ》めて会った気がしないんです」

「そ、そうなんだ」

「なので、生斗《いくと》さんが相手《あいて》なら構いません。そ、その、そういうのって、実際に経験《けいけん》したことはありませんが……、でも、自分なりに色々と調べたりしましたし、知識《ちしき》だけなら充分《じゅうぶん》にあるつもりです。ですから、その点《てん》はご心配なくといいますか……」

小さな声で言葉を紡《つむ》ぎながら、レオナは言った。

「それとも、わたしには女の子としての魅力《みりょく》が、ありませんか？」

「――そ、そんなことない！」

そんなことない。あるわけがない。

本能《ほんのう》に従《したが》ったまま、僕は叫んでいた。

そして叫びながら、気付《きづ》く。

さっきからずっと、胸の内では熱《あつ》い想《おも》いがたぎっている。

この気持ちに名前を付けるとしたら、一つしかない。

そう。一目《ひとめ》惚《ほ》れだ。

僕は、目の前にいるこの子のことを、好《す》きになっていたんだ。

「君《きみ》は、レオナは、すごく魅力的な女の子だよ！」

「あ、ありがとう、ございます……」

顔を赤《あか》くして、彼女はその場でうつむく。

そういう反応をされると、こちらとしてはますます理性を奪われてしまうわけだが、でも、ダメだ。ここはちゃんと判断しなきゃいけない場面《ばめん》だ。

大きく頭を振り、僕は考える。

報酬を身体で払うだなんて、そんなプランを承諾するわけにはいかない。もしも金銭で解決できるのなら、そっちの方が手っ取り早いし、その方向《ほうこう》で修正《しゅうせい》してもらえるよう、こちらから提案するべきなんだとは思う。

しかし、ここで『お金《かね》の方がいい』と言えば、おそらくレオナは傷つく。

そんな事態は、避《さ》けられるものなら避けたい。

「……分かった」

考えた末《すえ》に、僕はアイシャさんへ目を向けた。

「『ワンタッチ』は、『レオナをお触りできる権利《けんり》』ってことで、いいんですね？」

「その通りでございます」

「じゃあ、それでオッケーだ。ただし、その権利を行使《こうし》するかどうかは、僕が決める。いつ、どこで、お触りするのかは、僕の気分次第《きぶんしだい》。それでもいいですか？」

「交渉成立、ということですね」

こちらの問《と》いに、アイシャさんは迷わず即答する。

権利をいつ行使してもいいということは、行使しなくてもいいということでもある。そういった意図《いと》が、伝《つた》わったと思っていいのかな？

「じゃあ、さっそくだけど話を進めよう。僕がレオナに殺されればいいんですよね？　具体的《ぐたい》には、どういった手順《てじゅん》で？」

「しばしお待ちください」

アイシャさんは窓《まど》の外《そと》に目をやり、静《しず》かにつぶやいた。

「念のためにご主人様を拘束させていただきましたが、実は殺人衝動が発症《はっしょう》する時間は決まっているのです」

視線を追うと、いつの間《ま》にか外が暗《くら》くなっていることに気付く。

「陽《ひ》が沈《しず》むと同時に、『それ』は訪れます」

アイシャさんの言葉に続くかのように、辺《あた》りは闇《やみ》に包《つつ》まれ、

「っ！」

レオナが身《み》を屈《かが》めたのは、そのときだった。

「ん、ふうっ！」

彼女は頬《ほお》を紅潮《こうちょう》させ、全身を震わせている。

「んあ、はあっ、うぅん！」

身体が熱いのか、額《ひたい》からは大粒《おおつぶ》の汗《あせ》が噴《ふ》き出《だ》していた。

「ご主人様」

と、アイシャさんは懐から一本《ぽん》のナイフを取り出し、それをレオナに差《さ》し出《だ》す。

レオナは震える手でそのナイフを手に取り、僕に目を向けた。

「生斗《いくと》様、心《こころ》の準備はよろしいでしょうか？」

なるほど、これが殺人衝動による症状《しょうじょう》か。

彼女の身体の中で何が起きているのか、僕にはちゃんと理解できていないとは思う。

だけど、これだけは分かる。

レオナは今、苦《くる》しんでいるんだ。

だったら、迷ったり悩《なや》んだりしている暇なんてない。

「いつでもいい！」

うなずくと、アイシャさんはスカートのポケットから、小さなリモコンスイッチのような物《もの》を取り出す。

そしてそこに備《そな》え付《つ》けられたボタンを押《お》すと、レオナを拘束していた手錠と足かせが外《はず》れた。

「い、生斗《いくと》さん……」

自由を取《と》り戻《もど》したレオナが、こちらに目を向ける。

「わ、わたしのために、死んでくれますか？」

「ああ、構わないよ」

──直後《ちょくご》、胸元《むなもと》に熱い感覚が伝わる。

目の前の少女《しょうじょ》に、ナイフで刺《さ》されたからだ。

「ん、ぐ……っ！」

わずかな間を置《お》いて、急速《きゅうそく》に痛みが全身へ広がり、苦悶《くもん》の声を漏らした。

思考が定《さだ》まらないまま、僕は彼女を見つめる。

視線の先にあるのは、恍惚《こうこつ》の笑《え》みを浮かべる、一人の少女の姿だ。

「す、すごい……。奥、深くまで、入ってる……」

興奮《こうふん》した様子のまま、レオナは僕の傷口《きずぐち》を見つめ、

「ん、ああああああっ！」

叫びと共に、ナイフをひねった。

刹那、激痛《げきつう》が全身に広がる。

肉体《にくたい》に深刻なダメージを受けたことが、即座に理解できる痛みだ。

声も出せないまま、意識《いしき》は彼方《かなた》へと吹《ふ》き飛ぶ。

「……」

目を白くさせ、僕は仰向《あおむ》けに倒《たお》れ伏した。

「……ご主人様、上手《じょうず》に殺せましたか？」

「う、うん」

アイシャさんの問いに、レオナは手に持ったナイフを見つめたまま、ゆっくりとうなずく。

「満足なされましたか？」

「うん……、気持ちよかった、と思う」

照《て》れた顔を見せつつ、彼女は静かに語《かた》る。

「なんだかふわふわした感じで、あまり実感《じっかん》がないけど、でも、衝動は収《おさ》まったわ」

「そっか、それは良《よ》かった」

その言葉を受けて、僕は起《お》き上《あ》がった。

「ふひゃっ⁉」

レオナは反射的にのけ反《ぞ》り、高い声を漏らすが、しかしすぐに納得したのか、感心《かんしん》するような表情でこちらを眺《なが》める。一方《いっぽう》アイシャさんは、冷《さ》めた目でこちらを見つめていた。

「それが、あなたの身に宿る奇跡《きせき》なんですね」

「どちらかというと、呪いなんじゃないかな」

自虐《じぎゃく》気味《ぎみ》に笑《わら》い、軽く肩《かた》をすくめる。

「生斗《いくと》様にまつわる逸話《いつわ》は、全て存《ぞん》じ上《あ》げております。数々《かずかず》の災害現場《さいがいげんば》や危険地域《きけんちいき》で人命救《じんめいきゅう》助《じょ》に貢献《こうけん》しつつ、幾度《いくど》も奇跡の生還《せいかん》を遂《と》げた人物。『不死身《ふじみ》の生斗《いくと》』とは、まさにあなたのことでしょう」

「……」

「あなたのことを知る方の多《おお》くは、こう思っているはずです。奇跡とは言っても運《うん》が良かっただけだ、偶然《ぐうぜん》が重《かさ》なっただけだと。しかし我々《われわれ》は知っています。比喩《ひゆ》表現《ひょうげん》などではなく、本当に『奇跡』が起こり得るのだということを。……生斗《いくと》様、あなたも『契約』したんですよね？」

強い視線に気圧《けお》されて、僕は大きなため息《いき》を吐《は》いた。

「ああ、白状《はくじょう》するよ。僕は死ねないんだ。何をどうやってもね」

「――やはり、そうでしたか」

「今から三年《さんねん》前、ちょっとした事故に巻《ま》き込《こ》まれてね。そのときに、『助けてくれ！』と叫んだ瞬間、異変《いへん》が起きたんだ。神秘的な体験《たいけん》をした、とでも言えばいいのかな？　それ以来《いらい》、僕は死ねなくなったんだよ」

レオナに刺されて意識が飛《と》んだとき、僕は死の危機《きき》に瀕《ひん》していた。それは間違《まちが》いない。

けれど、その死が確定《かくてい》する瞬間、全てが『リセット』されたんだ。

刺された傷がすでに治《なお》っている、というわけじゃなく、傷を負《お》ったという事実《じじつ》そのものが、なかったことになったとでも言えばいいのだろうか。

レオナが持つナイフには血の痕《あと》なんてまるで残ってないし、僕の身体にも、さらには衣服にも傷一つ付いてない。どんな原理《げんり》が働いているのかは分からないけど、理解を超《こ》えた現象《げんしょう》が起きるからこそ、それは奇跡や呪いなどと呼ばれるのだろう。

死ぬという結果が、僕には訪れない。

この世界そのものが、『臥宮生斗の死《ふしみやいくと》』を拒絶《きょぜつ》している。

だから僕は死なない。死ねないんだ。

「今の僕はいわゆる不死者《ふし》、アンデッドなどと呼ばれる存在なんだと思う。この身にどれだけ致命的《ちめい》な傷を負っても、決して死ぬことはない。そんな僕を殺すことで、殺人衝動を解消し、被害を最小限に留《とど》める。それが、君たちの考えたプランなんだね」

「理解していただけましたか」

「いや、まあ、理解してなきゃ引き受けてないけどさ」

「では、ご主人様の殺人衝動についても信じていただけましたか？」

「ああ。暗殺の天才だということも、ね」

この身で直《じか》に受けたからこそ分かる。彼女のスキルは本物《ほんもの》だ。

ナイフは正確《せいかく》に心臓《しんぞう》を貫《つらぬ》いていたし、激痛は感じたものの、その時間は一瞬《いっしゅん》に近《ちか》かった。

即死《そくし》に近い状況だったと言っていいだろう。

今までにも死にそうな目には何度《なんど》も遭《あ》ってきたし、『リセット』を経験したことも数《かぞ》えきれないくらいある。それでも、こんなにも苦しさを感じなかったのは初めてのことだ。

つまり、それだけレオナの『殺す技術』が高いレベルにある、ということだ。

「では、引《ひ》き続《つづ》き『お願い』を受けていただけると考えてよろしいでしょうか？」

「ん、え、引き続き？」

首を傾《かし》げると、アイシャさんは表情を変えずに言う。

「先ほども申した通り、ご主人様の殺人衝動は成人されるまで続きます。それまでの間、生斗《いくと》様には殺され続けていただけると、こちらとしても都合《つごう》がいいのですけど」

「……確認なんだけど、その殺人衝動って、どれくらいの頻度《ひんど》で起きるんだ？」

「文献《ぶんけん》と実体験《じったいけん》から推察《すいさつ》するに、ほぼ毎日《まいにち》です」

「ほぼ毎日、死ぬような目に遭ってくれ、と？」

「そう受け止めていただいて構いません」

無感情《むかんじょう》に告げられたその言葉に、僕は思わず口をつぐむが、

「生斗《いくと》さん」

レオナがこちらを見つめ、その瞳にかすかな涙《なみだ》を浮かべて、言った。

「ダメ、ですか？」

「引き受けるよ！」

考える間《ま》もなく、僕は即答していた。

そう。迷う余地《よち》なんてないんだ。

ほぼ毎日、死ぬような目に遭う。

それはすなわち、ほぼ毎日、レオナに会えるということなのだから。

「では、詳細《しょうさい》は後で話《はな》し合《あ》うとして、ひとまずは今回《こんかい》の報酬をお支払いしましょう」

「……そういえば、そんな話だったね」

淡々《たんたん》としたアイシャさんの言葉で、僕は我に返る。

「い、生斗《いくと》さん」

レオナに視線を向けると、彼女はうつむいたままこちらに歩《あゆ》み寄《よ》り、言った。

「『ワンタッチ』ですよね？　か、構いません。ど、どこでも、触ってください！」

「うっ……」

やばい、かわいい。

恥ずかしさに震えるその表情を見ているだけで、理性が削《けず》られていくのが分かる。

実際のところ、生命《せいめい》の対価《たいか》としては安《やす》すぎるくらいの報酬だし、お互《たが》いに同意《どうい》の上でタッチするんだから、後ろめたく思うことなんて何もないはずだ。

いや、でも、ダメだダメだ。ここで欲望《よくぼう》に負《ま》けたら、色々とまずい気がする。

頭を振り、頬を叩《たた》き、無理やり笑顔《えがお》を作《つく》りながら、僕は右手《みぎて》を差し出した。

「？」

顔を上げたレオナが、小さく首を傾げるが、

「えっと、これからもよろしく」

「あっ」

意図を察したのか、彼女も慌てた様子で手を差し出し、そっと握《にぎ》ってくれた。

「握手《あくしゅ》だって、『ワンタッチ』だよな？」

「は、はい、そうですね。よろしくお願いします」

照れた笑みを浮かべる彼女を見て、僕は胸《むね》をなで下《お》ろす。

そう。これでいいんだ。彩夢咲《あやめざき》レオナは、あくまでもビジネスパートナー。そう割《わ》り切《き》って行動するべきなんだと思う。少《すく》なくとも、今の段階《だんかい》では。

「ちっ、このヘタレ野郎《やろう》が」

と、そんな僕の側《そば》から、露骨《ろこつ》な舌打《したう》ちが聞こえてくる。

「え、えっと、アイシャさん？　なんだかひどい暴言《ぼうげん》が聞こえたんだけど？」

「聞き間違いでしょう。ですが、その紳士《しんし》的な振る舞いには感謝《かんしゃ》します」

表情を変えずに言われて、僕は軽く呆《あき》れつつも、もう一度《いちど》頭を振ってから口を開いた。

「これからもよろしく」

「……」

その一言に、レオナは無言で、しかしわずかに頬を緩《ゆる》め、ほんの少しだけ首を縦に振る。

——こうして、『不死身の生斗《いくと》』の新《あたら》しい生活が始まったんだ。

その先に、何が待《ま》ち受《う》けているかも知らないまま。

2

「イクト！　こっちだ、こっち！」

馴染《なじ》みのカツ丼屋《どんや》に足を踏み入れた瞬間、聞《き》き覚《おぼ》えのある声に名《な》を呼ばれた。

僕はうなずくと、そのまま彼女の元《もと》へと歩いていく。

「よう」

軽く挨拶《あいさつ》してから対面《たいめん》の席《せき》に座《すわ》り、厨房《ちゅうぼう》に向かって叫んだ。

「カツ丼ダブルAセットご飯特盛《はんとくもり》で！」

「はいよ！　いつものやつね！」

奥から聞こえる店主《てんしゅ》の声に笑顔で応《こた》えつつ、僕は真正面《ましょうめん》へと向《む》き直《なお》り、

「久《ひさ》しぶりだな、茉莉《まつり》」

「ん、そうだな！　ちょっとだけ久しぶりか！」

彼女は気さくな笑みを浮かべ、白い歯《は》を見せる。

——彩夢咲《あやめざき》家での『お願い』を済ませた後、僕は夕食《ゆうしょく》にありつくため、近所《きんじょ》の商店街《しょうてんがい》へ足を向けていた。

で、目の前の席に座る少女の名は、時雨茉莉《しぐれまつり》。このあたりの食《た》べ物《もの》屋さんを食《た》べ歩いている

うちに、なんとなく知《し》り合《あ》いになり、いつの間にか仲良《なかよ》くなっていた『食《く》い友《とも》』だ。

　褐色《かっしょく》の肌と健康《けんこう》的な笑顔が似合《にあ》う中学生《ちゅうがくせい》くらいの見《み》た目《め》の女の子。彼女の前には温泉《おんせん》タマゴと岩《いわ》ノリが二皿《ふたさら》ずつ置かれていて、携帯《けいたい》ゲーム機《き》を片手《かたて》で器用《きよう》にいじりながら、ちまちまと箸《はし》でつついている。

「なんだか疲《つか》れてそうだな！　何かあったのか？」

「ん、なんでもないよ。いつものことさ」

「ふむふむ、またお仕事か。イクトも大変《たいへん》だな」

「そうでもないよ。やりたいからやってることだし」

　彼女には、僕の素性を詳しく話《はな》していない。『お仕事』というのも、単《たん》なるアルバイトか何かだと考えているんだろう。その内容《ないよう》を尋ねられたことはないし、大《たい》して興味《きょうみ》もないんだと思う。

　僕の方も、茉莉《まつり》にプライベートな質問をしたことはない。住《す》んでいる場所《ばしょ》も、正確な年齢も知らないし、ちゃんと学校《がっこう》に通っているのかどうかも確かめたことがない。

　こんな時間に一人でカツ丼屋にいることや、両親《りょうしん》は何をしているのかとか、聞いてみたいことはたくさんあるけど、そこはなんとなく、触《ふ》れてはいけない部分のような気がするから。

　まあ僕自身《ぼくじしん》、真っ当な人生《じんせい》を歩いていないという自覚《じかく》があるし、他人《たにん》に対《たい》して深く踏《ふ》み込《こ》む勇気《ゆうき》を持てないでいる、というのもあるけれど。

「カツ丼ダブルAセットご飯特盛、お待ち！」

と、あれこれ考えていると、注文《ちゅうもん》したメニューが届《とど》けられ、僕は店員《てんいん》さんに一礼する。

揚《あ》げ立てのトンカツが二枚分《まいぶんの》乗せられた特盛のカツ丼と、小鉢《こばち》のサラダとお味噌汁《みそしる》。

「いただきます」

そのボリューム満点《まんてん》な組《く》み合《あ》わせを前に、僕はいつも通《どお》り両手を合《あ》わせてからお箸を取る。

そこからは特《とく》に茉莉《まつり》と言葉を交わすこともなく、黙々と腹《はら》の中を満《み》たしていく。

どんぶりの中身《なかみ》は瞬《また》く間《ま》にカラとなり、

「おかわり、お願いします」

「ご飯おかわり、どうぞ！」

勝手《かって》知ったる店員さんはすぐさま駆《か》けつけ、あふれそうなほどのご飯が盛《も》り付《つ》けられたどんぶりを置いて、再《ふたた》び厨房に戻《もど》っていく。

ここのお店《みせ》は、セットメニューならご飯のおかわりが自由だ。店主さんは『セットを頼《たの》んでもらうための口実《こうじつ》』みたいなことを常日頃《つねひごろ》から言っていたりするんだけど、他の店員さんに聞いたところによると、『食べ盛《ざか》りの学生《がくせい》を応援《おうえん》したい』という秘《ひ》めた思いがあるらしい。まさにその食べ盛りである僕としてはとてもありがたいことだし、めちゃくちゃお世話《せわ》になっている。

特に今日《きょう》は死ぬような目に遭ったおかげで、思いっきりお腹《なか》が空《す》いていた。

どうやら『リセット』がかかると、大量《たいりょう》にカロリーを消費《しょうひ》するらしい。その詳しい仕組《しく》みは分からないけど、分かったところで空腹《くうふく》が紛《まぎ》れるわけでもないので、あまり考えないようにしている。そういうものだと割り切るしかない。

僕は黙々と食事《しょくじ》を続ける。相席《あいせき》した茉莉《まつり》とも、会話《かいわ》らしい会話を交わしたりもしない。

それは僕たちにとっていつものことだ。彼女はゲームに夢中《むちゅう》になっているのか、こっちに目を向けようともしないし、一般的《いっぱん》には『行儀《ぎょうぎ》が悪《わる》い』とされているその行為《こうい》に対して、僕から何かを言うつもりもない。

気を遣《つか》って無理に話題《わだい》を振らなくてもいいからこそ、今の関係が続いているんだと思う。

やがて七杯目《ななはい》のおかわりを完食《かんしょく》したところで、僕はその手を止める。

「ごちそうさまでした」

両手を合わせ、深く頭を下《さ》げてから、レジで会計《かいけい》を済ませた。

「また来なよ！」

店主の気持ちいい挨拶にもう一度頭を下げてから、僕は踵《きびす》を返《かえ》す。

「イクト！」

そんな僕に続いて、茉莉《まつり》も笑みを浮かべたまま追いついてきた。結局《けっきょく》、彼女はその後《ご》も温泉タマゴと岩ノリしか注文しなかったが、そういう偏食《へんしょく》っぷりも今となってはお馴染《なじ》みのものだ。

お店側も、その食べ方を特に咎《とが》めたりはしない。茉莉《まつり》は注文した品《しな》を、必《かなら》ず完食するからだ。

食の好《この》みはともかく、食《た》べ残《のこ》さないという点では、僕は彼女を気《き》に入《い》っている。

「イクトは、明日《あす》も学校か？」

「ん、そうだな」

「そっか。しっかり勉強《べんきょう》して、立派《りっぱ》な社会人《しゃかいじん》になってくれよな」

「努力《どりょく》するよ」

「それじゃあな！」

大きく手を振り、茉莉《まつり》は駆《か》け出《だ》す。

こちらの返事《へんじ》も聞かずに、繁華《はんか》街へと消《き》えていくその背中を、静かに見《み》送《おく》った。


「ただいま」

帰宅後《きたくご》、僕は電気《でんき》もつけずに自室《じしつ》へ向かい、適当《てきとう》に脱《ぬ》ぎ散《ち》らかしながらベッドへ倒れ込んだ。

まぶたを閉《と》じ、脳裏《のうり》に浮かぶのは、放課後に起きた一連《いちれん》のことだ。

「レオナ、かわいかったな……」

そんなつぶやきが自然《しぜん》と漏れる。

暗殺一家の当主、か。

確かに、彼女の殺意《さつい》は本物だった。

人を刺《さ》し殺《ころ》すというのは、決して容易《ようい》なことなんかじゃない。人体《じんたい》には肉《にく》があり、骨《ほね》がある。

一突《ひとつ》きで致命的な傷を負わせるには、それなりの技術が必要《ひつよう》だし、そもそも明確《めいかく》な殺意をその身に宿していなければ、『刺す』という精神状態《せいしんじょうたい》に至《いた》れない。

だけど、レオナの行動にためらいはなかった。

『人を殺したい』という思いが、彼女の根《ね》っこにはある。

だからこそ、あの一突きは、確実に僕の心臓へ届いたんだ。

ためらわずに人を刺せる。その一点だけでも、彼女が殺人の天才だということが理解できる。

同時に、あやうい存在だということも。

ともあれ、そんな彼女とこれからほぼ毎日、会うことになるんだ。先のことを考えると不安《ふあん》もあるけど、考えすぎても仕方《しかた》がない。今はただ、目の前のあれこれを処理《しょり》していくだけ。

レオナに刺された箇所《かしょ》へ手を当てると、静かな鼓動が伝わってきた。

そう。僕は生きている。

『不死身の生斗《いくと》』は、殺されても死ねないんだ。


不死者になったのは、今から三年前のこと。

中学《ちゅうがく》一年生《ねんせい》の夏休《なつやす》み、仲《なか》の良かった幼馴染《おさななじみ》と一緒《いっしょ》に、少し遠《とお》くにある山《やま》を登《のぼ》ることになり、そこで事故に遭った。

足を滑らせて崖《がけ》から落《お》ち、二人とも大ケガを負ったんだ。

「う、うう、ああ……」

痛みをこらえ、うめきながら身体を起こした僕の目に飛び込んできたのは、致命傷《ちめいしょう》を受けた幼馴染の姿だ。

『助からない』と、一目《ひとめ》で直感できるその姿を見て、心《こころ》の中《なか》は絶望《ぜつぼう》で満たされる。

僕のせいだ。一緒に登山《とざん》しよう、なんて言《い》い出《だ》さなければ、こんな目に遭わなかったのに。

自分自身はどうなってもいいから、とにかく幼馴染を助けたかった。

だから、ありったけの声で叫んだんだ。

「神様でも悪魔《あくま》でも、なんでもいい！　僕の命《いのち》をあげるから、こいつを助けてくれ！」

──よかろう。

奇妙な言葉が届いたのは、まさにそのときだ。

『その願《ねが》い、叶えてやる』

「えっ」

『貴様の命は、我《われ》が貰《もら》い受《う》ける。生きるも死ぬも、我の心持《こころも》ち次第だ』

心の中に直接《ちょくせつ》届いてくるかのようなその声は、はっきりとした口調《くちょう》で告げる。

『すなわち、臥宮生斗《ふしみやいくと》は生きる権利と死ぬ権利を、同時に失《うしな》うということ。それでも構わぬな？』

「なんでもいい！　助けてくれるのなら、どんな条件でも呑むよ！」

ためらう理由《りゆう》なんてなかった。

『交渉成立だ』

……そこから先のことは、よく覚えていない。急に意識を失い、気が付いたときには幼馴染も僕もすっかり元気《げんき》で、何が起きたのか分からないまま、お互《たが》いを見つめ合っていたんだ。

夢を見ていたわけではないのは確かだ。目を覚《さ》ました場所は崖下《がけした》だったし、どちらの衣服も大量の土《つち》と泥《どろ》に塗《まみ》れていた。

しばらくの間、僕は茫然《ぼうぜん》としていたが、次第に心の中には歓喜《かんき》が満《み》ち溢《あふ》れていく。

何はともあれ、幼馴染は助かったんだ。その事実を素直に喜《よろこ》ぶべきだろう。

「良かった、本当に良かった！」

感激《かんげき》の声を上げて、僕は彼女の手を強く握りしめた。

支払った代償の、大きさにも気付かずに。

翌朝《よくあさ》、通学途中《つうがくとちゅう》で、その幼馴染と顔を合わせた。

遭遇《そうぐう》、とでも言うべきだろうか。

「生斗《いくと》、おはよう！」

気さくな様子で駆《か》け寄《よ》ってくる姿を見て、僕は無言でうなずいた。

月島流夏《つきしまるか》。同じ高校《こうこう》に通《かよ》う同級生《どうきゅうせい》として、彼女との交流《こうりゅう》は今も続いている。

「聞いたぞ、生斗《いくと》。昨日《きのう》、美人《びじん》なメイドさんと一緒に、夜《よる》の街に消えていったそうじゃないか」

「……少しばかり誤解があるんだけど、弁解《べんかい》を聞く気はあるか？」

「無《な》いな」

「そうか、じゃあ、そういうことでいいよ」

「認《みと》めるわけだね。なるほど、それはなかなか穏《おだ》やかじゃない事態だ」

軽快《けいかい》に笑い、流夏《るか》は腰に手を当てた。

そんな彼女に、周囲を歩く人たちはチラチラと視線を送ってきたりする。朝《あさ》から騒《さわ》がしいし、少しばかり目立つ格好《かっこう》をしているから、というのもあるだろう。

流夏《るか》の髪《かみ》は、かなり長いんだ。その艶やかな黒髪《くろかみ》は太《ふと》もものあたりまでまっすぐに伸《の》びていて、どうしても人目《ひとめ》を引《ひ》き付《つ》ける。

彼女は前髪《まえがみ》も長く、その目元《めもと》は完全《かんぜん》に隠れている。どこを見ているのか、そもそも、まぶたを開いているのかどうかも不明《ふめい》。両手にはブレスレットを、両足にはアンクレットを身に付け、そのことがますます妖艶《ようえん》な雰囲気を醸し出していた。

もちろん昔からこうだったわけじゃない。少し前まで、流夏《るか》はどこにでもいるごく普通の、お節介《せっかい》な女の子だったんだけど、『あの日《ひ》の出来事《できごと》』をきっかけに、変わったんだ。

「その様子だと、また何か、危険なことでもしてるんだね？　無理は禁物《きんもつ》だよ。神様に救ってもらった命なんだから、もっと大事《だいじ》にしないと」

「大丈夫だよ、無理はしてない」

「そうか、それならいいんだけど。とにかく、常《つね》に感謝の気持ちは忘《わす》れちゃダメだよ」

「ああ、分かってるって」

そっけなく応えつつ、僕が歩き出すと、彼女も並ぶようにして歩《ほ》を進《すす》めた。

――僕が不死者であることを、流夏《るか》は知っている。

『あの日』がきっかけだったことも理解している。

ただし僕たちの間には、ちょっとした認識《にんしき》の差があるんだ。

重症《じゅうしょう》だった彼女には、あの瞬間のはっきりとした記憶《きおく》がない。気が付いたときには助かっていた、というのが、流夏《るか》の覚えている全てらしい。とはいえ死にかけていたという実感はあるらしく、だからこそ、危機的な状況から救われたという事実を、彼女はこう解釈《かいしゃく》したんだ。

『気まぐれな神様が、なんの見返《みかえ》りもなく、無償《むしょう》で僕たちを助けてくれた』と。

僕はその勘違《かんちが》いを、訂正《ていせい》するつもりはなかった。

流夏《るか》は僕が『契約』したということを知らない。そして知ればきっと、負《お》い目《め》に感じる。

だから、言えない。言えるわけがない。

「ふむ、なんだか思《おも》い悩《なや》んでいることがあるようだね」

と、不意に流夏《るか》は手持《ても》ちのカバンをまさぐると、そこから何かを取り出した。

「そんな君に、『お守《まも》り』をあげよう。受《う》け取《と》ってくれ」

彼女が差し出したのは、煌《きら》びやかな装飾《そうしょく》が施《ほどこ》されたペンダントだ。『あの日』以来、流夏《るか》は神《かみ》に感謝し、祈《いの》りを捧《ささ》げる日々《ひび》を送っている。その一環《いっかん》として神秘的なアイテムを集《あつ》め、やたらと身に付けたりしてるわけだけど、ことあるごとにそのアイテムを僕に寄《よ》こしてくるんだ。

「最近、通販《つうはん》で買《か》ったんだ。私とお揃《そろ》いだぞ。ありがたく受け取れ」

そう言って彼女は自分の胸元に手をやり、そこに身に付けている物を見せびらかせてくる。

その際《さい》、制服《せいふく》の隙間《すきま》から白い素肌《すはだ》が露わになり、僕は思わず目をそらした。

「ん？　どうしたんだ？」

「……いや、なんでもない。ありがとう」

軽く首を傾げる流夏《るか》から、目を背けつつペンダントを受け取る。僕たちはもう高校生で、心も身体も色々と成長《せいちょう》していることを問《と》い詰《つ》めたいところだけど、その無防備《むぼうび》さを指摘《してき》したところで、きっと彼女の心には届かないのだろう。

脳裏にはまだ、たわわな谷間《たにま》が確かな記憶として残っていたけど、僕は無理やり頭を振り、その映像《えいぞう》をかき消《け》した。

そうして、僕たちは並んで歩きながら学校へと向かう。

――これが、僕の日常。

臥宮生斗《ふしみやいくと》の過《す》ごす日常だ。

――――――――――――――――――――――

雑記《ざつき》――

身内《みうち》の不幸《ふこう》が重なった結果《けっか》、私が家を継ぐことになった。

荷《に》が重いと感じているのは確かだ。腕は磨《みが》いてきたつもりだけど、特別に優《すぐ》れた才能があるわけじゃない。

それでも、やれるだけのことをやるしかないのだろう。責任《せきにん》は重大《じゅうだい》だ。


かつて、母から聞いた話だが、一族の始祖様は義賊《ぎぞく》だったらしい。

法《ほう》で裁《さば》けぬ悪《あく》を討《う》つため、悪魔と契約を交わして、暗殺の才能を手に入れた、という話だ。

どこまで信じていいのかは分からないけど、そういう言い伝えを散々《さんざん》聞かされてきた記憶がある。

彩夢《あやめ》咲《ざき》家はかつて、義賊だった。でも、それがいつしか一族の繁栄のため、望《のぞ》まぬ仕事にも手を出すようになったのだ。

その結果、確かに家は大きくなった。しかし、それでいいのだろうか？

過去を否定《ひてい》するつもりはないし、変えることもできない。
けれど、未来《みらい》なら変えられる。

当主の座を引き継いだ以上、固《かた》く誓《ちか》う。
殺す相手を選《えら》ぼう。絶対《ぜったい》に営利《えいり》目的《もくてき》での殺しはしない。
偽善《ぎぜん》だという自覚はある。でも、私自身《わたしじしん》はそうしたい。
娘《むすめ》の……、レオナのためにも。

―――――――――

第二章

1

その日《ひ》の放課後、校門の前で待つアイシャさんの姿を見て、気持ちを引《ひ》き締《し》める。

予定通り、『お仕事』があるということだ。

「今日は空から降ってきたりしないんですね」

「余計に目立つと言われましたので。それとも、昨日と同じシチュエーションの方が良かったでしょうか？」

「い、いや、普通にしててください、普通に」

「はい。では」

慌てて首を横に振ると、彼女は言葉を省《はぶ》き、さっさと歩き出す。そのまま僕も続き、初めて会ったときと同じように、黙々と足を動かし続けた。

余計な会話を交わす必要なんてない。この『お仕事』はあくまでもビジネスなのだから。

そのことは充分に理解している。充分に理解したまま、僕はアイシャさんに向かって、あからさまな殺気を飛ばしてみた。

けれど彼女は何も感じていないのか、立《た》ち止《ど》まることなく歩き続ける。

その無反応《むはんのう》さに毒気《どくけ》を抜かれつつ、僕は思う。昨日、投《な》げ飛《と》ばされたのは、何かの間違いだったんじゃないか、と。

油断せず、本気《ほんき》でやり合《あ》っていたら、同じ結果にはならなかったはず——。

「！」

その刹那、アイシャさんの手刀が、僕のノド元に突き立てられる。

彼女の指先《ゆびさき》には確かな殺意が込《こ》められていて、僕は反射的に身体を強張らせた。

「まだ何か？」

「……疑《うたが》ってすみません」

「ご理解が早くて助かります」

軽く一礼するアイシャさんに、僕は戦慄《せんりつ》を覚える。

彼女がどう動いたのか、まるで目に入らなかった……。

何かの間違いなんかじゃない。プライドや思《おも》い込《こ》みは捨《す》てて、ありのままを認めるしかない。

アイシャさんは、今の僕よりも格上《かくうえ》の相手だ。

そして、そんな彼女を傷つけられるのは、暗殺衝動を抱《かか》えたあの子だけなのだろう。

そんなこんながありつつ、再び彩夢咲《あやめざき》家へ到着《とうちゃく》した僕は、レオナとの再会《さいかい》を果《は》たした。

「生斗《いくと》さん、こんにちは」

彼女の姿を見た瞬間、鼓動が跳ね上がる。

か、かわいい……。

なるべく冷静でいたかったけど、実際に会うと、やっぱり緊張するな……。

「お待ちしていました」

レオナは軽くおじぎをすると、朗《ほが》らかな表情を見せる。その様子は優雅《ゆうが》で穏やかで、しかし、その手足《てあし》は昨日と同じく拘束されていた。

「あっ」

こちらの視線に気付いたのか、レオナは照れた笑みを浮かべる。

「やっぱり、こういう姿って、変ですか？」

「そ、そんなことない！」

尋ねられ、素早《すばや》く首を横に振った。

「必要だから、やってることなんだろ？　全然《ぜんぜん》、変じゃないよ」

「あ、ありがとうございます」

レオナは小さく頭を下げると、恥ずかしそうにこちらを見つめる。

「そ、それで、あの、お仕事の話なんですけど」

「あっ、う、うん。こっちはいつでもいいよ。早速《さっそく》、始める？」

「い、いえ、そうではなくて！」

彼女は窓の外に目を向けると、ためらいつつも、その表情に強い意志《いし》を込めた。

「日没《にちぼつ》までには、まだ少しばかり、時間があります……。『衝動』が襲ってくるまで、いくらかの猶予《ゆうよ》があるということです。ですから、その、それまでの間、わ、わたしと、おしゃべりしてくれませんか？」

「おしゃべり？」

「は、はい。昨日も言ったと思いますけど、わたしはこれまで、家の外に出ることがほとんどありませんでした。なので、母やアイシャ以外《いがい》の人とは、会話をする機会《きかい》があまりなくって。だから、その……」

言葉を濁《にご》す彼女を見て、僕は理解する。

レオナは、コミュニケーションに飢《う》えているんだ。長い時間、孤独《こどく》な日々を過ごしてきた中で、不意に臥宮生斗《ふしみやいくと》という『異物《いぶつ》』に出会《であ》い、好奇《こうき》心を刺激《しげき》された、ということなのだろう。

おしゃべりは『仕事』のうちには入ってないかもしれないが、そんなことは関係ない。

レオナの想いには応えたいし、僕自身も、もっと彼女のことを知りたかったから。

「分かった。おしゃべりしようか」

「あ、あ、ありがとうございます！」

レオナは顔を明《あか》るくし、同時にアイシャさんが僕たちに背を向けた。

「席を外します。何かあれば呼んでください」

そしてそのまま振《ふ》り返《かえ》りもせず、大広間《おおひろま》を後にする。

残された僕たちは、少し気まずくなりながらも、

「もう、来てくれないかと思っていました」

レオナのその言葉をきっかけに、会話を再開《さいかい》させた。

「一度引き受けた以上は、途中で投《な》げ出《だ》したりしないよ」

「で、でも、その、死なないとはいえ、痛いのは痛いんですよね？」

「まあ、それはそうだけど、痛いだけだし」

「は、はあ。痛いだけ、ですか……」

表情を曇《くも》らせつつ、彼女は続ける。

「わたしがこういう質問をするのは失礼《しつれい》かもしれませんが、聞かせてください。生斗《いくと》さんは、怖《こわ》くないんですか？　本当に死ぬかもしれない、とは思わないのですか？」

気を遣ってのことだとは思うけど、でも、その問いは僕にとって『よくある質問』だった。

「たぶん、感覚が麻痺《まひ》してるんだ。もう知ってると思うけど、僕はこれまでに何度も、事件《じけん》や事故の現場に飛び込んで、そのたびに死ぬような目に遭ってきたし、それでも死ななかった。

そのせいで、『死ねない』という状態に慣《な》れてしまったんだ。危機感が薄《うす》れている、とても言えばいいのかな。だから怖くないよ。怖くないからこそ、こういう『お仕事』もできるわけで」

「な、なるほど……」

レオナは興味深《きょうみぶか》そうにうなずき、一人で納得している。

「生斗《いくと》さんの『お仕事』って、人助《ひとだす》け、みたいなことが多いんですよね？　我《わ》が身《み》を省《かえり》みず、無謀《むぼう》な特攻《とっこう》を試《こころ》み、そのたびに奇跡の生還を繰《く》り返《かえ》す。それが『不死身の生斗《いくと》』なんですよね？」

「ん、まあ、だいたい合ってるよ。ほとんど自己満足だけどね」

崇高《すうこう》な使命《しめい》なんて持《も》ち合《あ》わせてないし、『表《おもて》には出せないお仕事』だって何度も経験している。

「今の自分にやれることをやっている。ただ、それだけのことさ」

「それでもすごいです。どんな経緯《けいい》があったとしても、誰かを助けていることは確かなんですから、立派だと思います。人を殺すことしか能《のう》のない、わたしなんかと全然違いますよ」

軽く頭を振り、レオナは寂《さび》し気《げ》な笑みを浮かべ、

「生斗《いくと》さんが不死であることを、ご家族《かぞく》の方はご存知《ぞんじ》なのですよね？」

……何気ないその質問に、僕は軽く肩をすくめた。

「知らない、だろうね。『こういうこと』になってから、ほとんど会ってないし」

すると彼女は顔を上げ、こちらを見つめる。

「両親は今、家にいないんだ。説明しても信じてもらえるか分からないけど、普通の職業《しょくぎょう》じゃ

ないというか……」

言葉を濁しつつも、僕は意を決して言った。

「冒険家《ぼうけんか》なんだ」

「冒険家？」

その告白《こくはく》に、レオナは目を丸《まる》くして首を傾げる。

「未知《みち》の秘《ひ》宝《ほう》を探《さが》して、世界中《せかいじゅう》を飛《と》び回《まわ》る。それが、僕の両親なんだ。今頃《いまごろ》どこで何をしているのかは分からないけど、時々《ときどき》、手紙《てがみ》は送られてくるから、生きてはいると思う」

「は、はあ」

「たまに帰《かえ》ってきても、ちょっとした近況報告《きんきょうほうこく》をするくらいで、またすぐにどこかへ行《い》っちゃうし。だから、僕の抱えている事情は何も知らないまま、今も宝探《たからさが》しに励《はげ》んでいるはずだよ」

「な、なるほど……」

「定期《ていき》的に仕送《しおく》りもあるし、冒険家としてはそれなりに成功《せいこう》してるのかもしれない。それでも、諸々《もろもろ》の経費《けいひ》を差《さ》し引《ひ》いたら食いつなぐだけでギリギリの額だし、自主《じしゅ》的に稼《かせ》がなきゃいけなかったりするわけで。僕が『お仕事』をやってるのにはそういう事情もあるし、今回の『報酬』にもかなり助けられているんだ」

不死者である僕は、餓死《がし》することがない。一ヶ月《かげつ》くらい何も食べなくても大丈夫だったこともある。それでも、腹が減《へ》れば飢餓《きが》感は覚えるし、実際に満たされるまでその苦しさは続く。

そんな事態を避けるためにも、食費《しょくひ》の確保《かくほ》は最優先事項《さいゆうせんじこう》だった。

まあ、『お仕事』をしてるのはそれだけが理由じゃないんだけどさ。

「——いいですね」

と、あれこれ考える僕を見て、レオナは何気ないつぶやきを漏らした。

「あ、ご、ごめんなさい。つい」

「つい？」

「え、えっと、その、ご両親のことを、尊敬《そんけい》されてるんだな、と思いまして……」

……尊敬、か。そんな単純なものでもないんだけど、でもまあ、間違ってはいない。

僕が置かれてきた現状は、世間《せけん》から見れば育児放棄《いくじほうき》と言っていいようなものなんだろう。

けれど、それでも両親を嫌《きら》ったことはない。むしろその逆《ぎゃく》だ。憧《あこが》れていたからこそ、『冒険家の真似事《まねごと》』をしたくて、あの日、流夏《るか》と一緒に山へ登ったわけで。

「生斗《いくと》さんのご家庭《かてい》も、色々あるんですね」

物思《ものおも》いに耽《ふけ》っていると、レオナは寂し気な表情を浮かべる。

「それでも、生きてらっしゃるのですから、やはりそれは、いいことだと思います。わたしはもう、言葉を交わすことすらできないのですから」

言われてから、思《おも》い出《だ》す。レオナの親御《おやご》さんは、すでに他界しているという事実を。

「ごめん。ちょっと無神経《むしんけい》だったね」

「い、いえ、構いません。わたしの母は、尊敬という言葉とは程遠《ほどとお》い存在でしたので」

「えっ？」

「お金のために人を殺す。そういったお仕事を、彩夢咲《あやめざき》家は代々《だいだい》続けてきたのです。もちろん、わたしの母もです。そんな親を、尊敬なんてできるはずがありません」

「ん、それは……」

僕は何か言うべきだと思ったけど、上手《うま》い言葉が思いつかなかった。他人の家庭事情に口をはさめるような立場《たちば》じゃない。僕たちはただの、ビジネスパートナーなんだから。

「ご主人様」

そのときアイシャさんが扉を開け、こちらに歩み寄ってきた。

「そろそろご準備を」

窓の外に目を向けると、いつの間にか陽が沈みかけようとしていた。レオナとの会話に夢中で、時間の経過《けいか》を忘れていたけど、気を引き締めなきゃいけないな。

ここからは『お仕事』だ。

「分かったわ。……生斗《いくと》さん、改めてお願いします。わたしのために、殺されてください」

「ああ、任《まか》せてくれ」

即答する僕の前で、アイシャさんがレオナに何かを手渡《てわた》す。

それは、巨大《きょだい》な刃物《はもの》だった。

昨日のナイフよりもっと大きなそれは、世間一般では『鉈《なた》』と呼ばれる物だ。

「今日はなんとなく、これがいいかなという気分だったので。構いませんか？」

「うん、何も問題ないよ」

再び即答すると、レオナは朗らかな笑みを見せてくれた。

「ありがとうございます。それでは、よろしくお願いします」

と、アイシャさんが彼女の拘束を解《と》き、次第に周囲が暗くなっていく。

「っ！」

そして陽が沈んだ瞬間、彼女は身を屈め、全身を小刻みに震わせた。

昨日も見た、殺人衝動の兆候《ちょうこう》だ。

「ん……、ああっ、うぅん、ふあっ……！」

レオナは悶えるような声を上げ、その視線をこちらに向ける。

暗い光《ひかり》の宿ったその瞳を、僕はまっすぐに受け止めた。

「さあ、どんと来《こ》い！」

「――」

僕が叫ぶのと同時に、彼女の姿が消える。

「ぐっ！」

その行方《ゆくえ》を追う暇もなく、首先に熱い感覚が宿り、反射的に全身を硬直《こうちょく》させた。

切られた、と理解した瞬間、鮮血《せんけつ》がほとばしり、視界が暗転《あんてん》する。

「……」

声も出せないまま、僕は背中から倒れ込んだ。そしてすぐさま、意識を覚醒《かくせい》させる。

ノドに手を当てるが、傷はない。当然、胴体《どうたい》と頭はつながってるし、周囲に血が飛《と》び散《ち》った跡も残ってない。

いつも通り、『リセット』されたということだ。

今日の『お仕事』も、無事完了《ぶじかんりよう》。ゆっくりと起き上がり、何気なくレオナを見る。

刹那、異変に気付いた。

彼女は僕を殺したのに、苦しそうな表情のままだったんだ。

「……」

困惑する僕に近づくと、レオナは手に持った鉈を掲《かか》げ、

「ああああああっ！」

叫びと共に、まっすぐ振り下《お》ろした。

避ける暇もなく、僕の頭蓋骨《ずがいこつ》は瞬時《しゆんじ》に叩《たた》き割《わ》られる。

脳漿《のうしよう》と共に意識も吹き飛ぶが、それもまたすぐに覚醒し、

「レ、レオナ……？」

声をかけたものの、返事はなく、彼女はさらに僕の頭を両手でつかみ、

「んんんっ！」

手首《てくび》にひねりを加えて、一気に曲《ま》げた。

いびつな音《おと》と共に、首の骨が折《お》れる。

肉と血管《けっかん》と神経が押《お》し潰《つぶ》され、またもや意識が飛びそうになった。

「——」

暗くなる視界の前で、レオナはさらに動く。

鉈《なた》を逆手に持ち替えると、彼女は柄の部分を僕の口の中に突《つ》っ込《こ》み、

「えい！」

ためらいなく、ねじ込んだ。

鉈《なた》の柄は脳を砕き、その衝撃で僕は再び地《ち》に伏せる。

「レ、レオ、ナ……」

同時に肉体は『リセット』され、ぼんやりとした意識のまま、僕は目の前の少女を見上げた。

「い、生斗《いくと》さん……！」

頬を赤く染《そ》めつつも、彼女は眉をひそめ、ゆっくりと首を横に振る。

「止まらない、止められないの……！」

そんな悲痛な言葉と共に、レオナは両手で鉈を持ち直し、力任《ちからまか》せに振《ふ》り回《まわ》した。縦、横、斜《なな》め、様々《さまざま》な角度《かくど》から放たれる彼女の斬撃《ざんげき》は、そのどれもが急所《きゅうしょ》を狙《ねら》った、必殺《ひっさつ》の威力《いりょく》だ。

「ぐっ、がっ、あっ」

僕は声を漏らしながら、死亡《しぼう》と『リセット』を繰り返し続ける。

「……」

身動《みうご》きが取れず、まともな思考もままならない中、胸に宿っているのは、かすかな驚きだ。

不死者である僕は、何をされても死なない。死なないけど、しかし、『なかったこと』にするまでには、少しばかりのタイムラグがあるようだ。

自分でも気付《きづ》いてなかっただけに、ちょっとした新鮮《しんせん》さを覚えていたりするんだけど、でもまあそれはそれとして、この状態が続くのはまずいかもしれない。

僕自身のことはさておき、レオナが心配だ。どうやら彼女は我を忘れて、無我夢中《むがむちゅう》で僕を殺そうとしているようだ。無意識《むいしき》のままでも的確《てきかく》に急所を攻め立《せた》てられるのは、レオナが暗殺の天才であるという証《あかし》だが、しかしこの状態が続けば、彼女の身体はすぐに壊《こわ》れるだろう。

特別な訓練《くんれん》を受けず、適切《てきせつ》な身体の動かし方も覚えていないのに、あんな大きな得物《えもの》を振り回しているのだから。

全身を襲う衝撃に耐えつつ、わずかに頭を動かすと、視界の隅《すみ》にアイシャさんの姿が映《うつ》った。

僕は手のひらを彼女に向け、『待った』のサインを送る。

そして返事も確かめないまま、無理やり口を開き、

「ぬ……」

「！」

その一言に、レオナの手が、一瞬だけ止まった。

隙《すき》を逃《のが》さず、僕は短《みじか》く伝える。

「ぬるい……」

「えっ」

彼女は驚きの声を漏らし、一歩後《ぽ》ずさった。瞳にはかすかな光が点《とも》り、同時に、持っていた
銃をその場に落とす。

「そ、そんなんじゃ、僕は、死なないよ……」

「あ、あ、ああ、あの……」

「もっと、強い武器《ぶき》を、持ってきてよ……。僕を、殺したいのなら……」

「い、生斗《いくと》さん……、わたし、いったい、何を……」

完全に意識を取り戻したのか、レオナは僕の姿をしっかりと見つめ、

「――」

気を失い、ゆっくりと崩《くず》れ落《お》ちた。

地面《じめん》に倒れる寸前で、いつの間にか駆け寄っていたアイシャさんが、彼女の身体を支《ささ》える。

「生斗《いくと》様」

アイシャさんはレオナを見つめたまま、無感情に口を開いた。

「この部屋《へや》を出て、右手の方にまっすぐ進めば、バルコニーにたどり着きます。そこでお待ちください」

言うだけを言うと、彼女はレオナを抱きかかえたまま姿勢《しせい》を正《ただ》し、扉のある方へと歩き出す。

アイシャさんたちが部屋を出たときにはもう、僕の『リセット』は済んでいて、

「……指示《しじ》に従うしかないか」

誰に聞かせるでもなくつぶやき、立ち上がった。

部屋を出て、言われた通りに屋敷《やしき》の中を歩く。

歩きながら、考える。レオナにかけた言葉は、適切だったのかと。

とっさの判断とはいえ、『もっと残酷《ざんこく》に殺せ』と言われて、彼女は傷つかなかっただろうか。

悶々《もんもん》とした気持ちのまま、やがて僕はバルコニーらしき場所にたどり着く。

「お待《ま》たせしました」

そこでぼんやり待っていると、アイシャさんが静かに姿を現《あらわ》した。

「このたびは多大《ただい》なご迷惑《めいわく》をおかけしました。ご主人様に代《か》わり、謝罪《しゃざい》の言葉を述《の》べさせてください。本当に申《もう》し訳《わけ》ありませんでした」

そう言ってアイシャさんは、深々《ふかぶか》と頭を下げる。

「謝《あやま》ってもらうようなことじゃないですよ。僕はこうして、無事だったわけですし」

「そうはいきません。今回のことは完全にこちらの不手際《ふてぎわ》です。なので、お詫《わ》びの意味も込め

て、追加《ついか》の報酬を用意させていただきました」

　顔を上げると、彼女は何気ない様子で自分の肩に手をかけ、

「どうぞ、ご堪能《たんのう》ください」

ためらうことなく、身に付けていたメイド服を脱ぎ始める。

「は？」

　突然のことに僕は戸惑うばかりだが、しかしアイシャさんは動きを止めず、その白い素肌が視界に飛び込んできた。

「い、いきなり、何を……」

「肉欲を満たすことが報酬、という話でしたよね。私などではご主人様の美《うつく》しさには到底《とうてい》及《およ》びませんが、なんなりとお好きなようにしてください。全身全霊《ぜんしんぜんれい》をかけて、満足していただけるように尽《つ》くします」

「いや、あの、ま、待って……」

　こちらの言葉に構わず、彼女はさらに衣服を脱ぎ、ほとんど裸《はだか》に近い状態で間近《まぢか》まで迫《せま》る。

「出来《でき》る限りのご要望《ようぼう》にはお応《こた》えします。実技《じつぎ》の経験はありませんけど、知識だけなら充分に備《そな》えていると自負《じふ》しています」

「う……」

　密着《みっちゃく》するような形《かたち》でアイシャさんに見つめられ、僕は何も考えられなくなりそうになる。

——そのとき、彼女のお腹に巻かれた包帯が、目に入った。

「あ、あの！」

我に返った僕は、アイシャさんの両肩《りょうかた》に手を置き、無理やり自分から引《ひ》き離《はな》す。

「そ、そんなことより、詳しい説明を聞かせてください！　追加の報酬はいらないから！」

キョトンとする彼女と真正面から向《む》き合《あ》い、はっきりと言った。

「いったい何が起きたんですか？　どうしてレオナは、急《きゅう》に暴れ出したんですか？」

「……」

わずかな沈黙《ちんもく》の後、アイシャさんは口を開く。

「殺せてないからです」

「……えっ」

「ご主人様は確かに、生斗《いくと》様を殺そうとしました。ですが生斗《いくと》様は、実際には死んでません。殺せてないからこそ、ご主人様の衝動は収まらなかったのでしょう」

軽く息を吐き、彼女は続ける。

「彩夢《あやめ》咲《ざき》家の長い歴史の中では、『殺し損《そこ》ねたけど衝動が収まった』という例《れい》もあったようです。しかし、前例はなんの参考にもなりません。ご主人様は天賦《てんぷ》の才《さい》を持ったお方なのです。昨日の時点《じてん》で『殺せなかった』という事実を、本能的に察知《さっち》して、そのことが今回の暴走《ぼうそう》につながったのでしょう」

「……つまり、なんだ」

語られる言葉を自分の中で嚙みしめながら、思ったことをそのまま口にした。

「僕では役《やく》に立てない、ということか？」

「はい」

あっさりとうなずかれ、声を詰《つ》まらせる僕の前で、アイシャさんは表情を変えずに告げる。

「残念《ざんねん》ですが、契約はここまでです。衝動が収まらない以上は、生斗《いくと》様に無理をしていただくわけにはいきませんし、ご主人様も苦しいだけですので」

「い、いや、でも……」

彼女の言葉に、僕は困惑するばかりだ。死なない人間を殺し続けるという、そのプランは、失敗《しっぱい》に終わったのかもしれない。

でも、じゃあ、衝動を収めるためには……。

「——実際に、殺すんですか？」

そのシンプルな問いに、アイシャさんの眉がかすかに揺れた。

「彩夢《あやめ》咲《ざき》家がこれまでやってきたように、レオナも依頼を受けて、人を殺す？」

「……」

さらなる問いかけに、彼女は沈黙で答える。

否定の言葉は述べられない。

「ま、待て、待ってくれ、それはダメだ。だって、それは、レオナの意思《いし》に反《はん》することだろう？　そういうことをしたくないから、僕を頼《たよ》ったんじゃないんですか？」

「他に解決策《さく》がない以上、致《いた》し方ありません」

「で、でもさ……」

言葉を詰まらせながら、僕は必死《ひっし》に思考を巡《めぐ》らせ、――一つの可能性に気付いた。

「そ、そうだ！　よく考えたら、実際に人を殺したからって、衝動が収まるとは限らないよね？」

ほとんど屁理屈《へりくつ》に近い理論《りろん》だが、僕は勢《いきお》いに任せて続ける。

「だって、レオナはまだ、誰も殺したことがないんだから」

「……」

けれど、そんな僕の言葉に、アイシャさんは無言で応えた。

その反応に僕は眉をひそめ、――すぐに理解する。

「まさか、あるのか？」

否定して欲しかったその問いにも、彼女は無言を貫くだけだ。

重い空気《くうき》が流《なが》れる。

「……生斗《いくと》様には、伝えておくべきでしょうね」

やがてアイシャさんは、静かに口を開く。

「先代様がご逝去《せいきょ》されたことは、すでに話しましたね」

「ああ、うん」

「事故ではないのです」

「えっ」

思わず声を漏らす僕の前で、彼女は表情を変えずに言った。

「ご主人様が、殺したのです」

2

「厳密《げんみつ》に言えば、事故なのかもしれません」

縁無し眼鏡に指《ゆび》を当て、アイシャさんは言葉を紡ぐ。

「ご主人様が初めて殺人衝動を発症させたのは、今から一ヶ月前のことです。鮮《あざ》やかなお手前《てまえ》でした。近くで見ていた私でも、何が起きたのかすぐには理解できなかったほどの、神速《しんそく》とも呼ぶべき行動。何気ない親子《おやこ》の触《ふ》れ合《あ》いの中で、不意に衝動を発症させて、なんのためらいもなく先代様を手にかけられたのです」

当時《とうじ》のことを思い出したのか、彼女は軽く首を横に振った。

「先代様も優れた暗殺者でしたが、それ以上に、ご主人様の才能は圧倒的でした。抵抗《ていこう》する隙さえないまま、全ては一瞬のうちに終わったのですから。……私が駆け寄ったときには、もう手遅《ておく》れでした。いくつかの伝言《でんごん》を口にすると、先代様は息を引《ひ》き取《と》られ、そして現在《げんざい》に至る、というわけです」

「……レオナは、そのときのことを、どう思ってるんだ？」

「覚えておられません。事《こと》を成《な》した後、すぐに気を失われ、目覚《めざ》めたときにはその日の記憶を全て失われていました。おそらく、脳《のう》に多大な負荷《ふか》がかかり、『なかったこと』にしようという処理が働いたのでしょう。なので私は、先代様は不慮の事故に遭われた、と伝えています」

彼女は僕を見つめ、静かな口調で告げる。

「念のために申しますが、このことは他言無用《たごんむよう》にお願いします。もしもご主人様のお耳に入るようなことがあれば、私は生斗《いくと》様を徹底的に、容赦《ようしゃ》なく追《お》い詰《つ》めます。あなたが不死者だとしても、社会的に死ぬことは覚悟しておいてください」

「──念を押さなくても、話さないよ」

自覚もなく、衝動に支配《しはい》されて親を殺したんだ。そんな事実を伝えられるわけがない。

「そうだ、その先代様というのはレオナの母親《ははおや》のことなんですよね？　このタイミングで聞くことじゃないかもしれないけど、父親《ちちおや》は？　レオナのお父《とう》さんも、もしかして、もう？」

「ご主人様が物心《ものごころ》つく前に、亡《な》くなられたと聞いています」

やっぱり、そうか。そのあたりのことも、あまり触れない方がいいんだろうな。

「……細《こま》やかなご配慮《はいりょ》に感謝します。同時に、現状をご理解できたと受け止めます。生斗《いくと》様では、ご主人様を救えないということを」

その一言に、僕は眉をひそめた。

「先代様をその手にかけられたとき、ご主人様はとても安らかなお顔をされていました。心の底《そこ》から満たされたような、満足を得たと確信《かくしん》できるご様子です。……生斗《いくと》様を殺したときとは、まるで反応が違いました。それでもなんとかなるかも、という淡《あわ》い期待《きたい》を抱いて、今回の計画《けいかく》を実行《じっこう》しましたが、それも失敗に終わったようです」

……どうやらアイシャさんの中では、すでに結論《けつろん》が出ているようだ。

そしてその結論は、何を言われても覆《くつがえ》すつもりがないように思える。

「生斗《いくと》様、今日のところはひとまずお開《ひら》きとさせてください。今後《こんご》のことはまた後日《ごじつ》、改めて相談《そうだん》ということでよろしいでしょうか？」

「――ああ、そうするよ」

反論したりせず、僕はアイシャさんの前を通《とお》り過《す》ぎる。

そしてそのまま、彩夢咲《あやめざき》家を後にした。


帰路《きろ》につく中、頭にはレオナのことだけが浮かんでいた。

彼女は本当に、人を殺さなきゃならないのだろうか？　そうしないと、あの衝動に苦しめられ続ける？　成人するまで、ずっと？

それはあまりにも、酷《こく》な話じゃないか？

なんとかしてやりたいけど、でも、おそらく僕ではレオナを救えない。

不死者である僕を殺しても、彼女は満足できないから。

死ねないからこそ力になれない。そういうこともあるんだな。

初めての経験に動揺《どうよう》しつつも、いつものように商店街へと足を向ける。何度も切《き》り刻《きざ》まれたせいか、無性《むしょう》にお腹が空いていた。

馴染みの中華料理屋《ちゅうかりょうりや》が視界に入ったので、そのまま店《みせ》に入る。

「イクト！　こっちだ、こっち！」

「……おう」

奥の方から茉莉《まつり》が声をかけてきたので、彼女の隣《となり》の席に腰を下ろした。

「肉シューマイと野菜炒《やさいいた》めをそれぞれ五人前《ごにんまえ》。あと、豚角煮《ぶたかくに》三人前と、チャーハン大盛《おおもり》四人前」

「はい、かしこまりました」

店員さんに注文を告げ、大きく息を吐く。

「どうした、イクト。何か悩みでもあるのか？」

すると茉莉《まつり》が、携帯ゲーム機をいじりながら話しかけてきた。彼女の前には天津飯《てんしんはん》の飯《めし》抜きと野菜炒めのニンジン抜き、そしてレバニラ炒めのニラ抜きが並べられている。

「……悩んでいるというか、身の振り方を考えてるというか」

言葉を濁しつつ、僕は背をのけ反らせ、両手で頭を抱える。

「──苦しんでる人がいるんだ。でも、その人が救われるためには、『僕が身を引くこと』が最善《さいぜん》みたいなんだよ」

「ふむ」

「その人のことを想うなら、僕はこれ以上、関《かか》わるべきじゃない。そのことは理解できているはずなんだけど、どうしても胸《むね》の中《なか》がモヤモヤするというか……」

「そりゃあ、モヤモヤして当然だろう」

と、僕の心情《しんじょう》を、茉莉《まつり》はバッサリ切《き》り捨《す》てた。

「だって、その人のことは、イクト自身《じしん》が救いたいんだろ？」

「……僕自身、が？」

「生斗《いくと》の願いは、その人が救われることじゃない。イクト自身がその人を救うこと、なんじゃないか？　その気持ちにウソをつこうとしてるから、モヤモヤするんだと思うぞ」

──確かに、そうかもしれない。何もかも、茉莉《まつり》の言う通りだ。

ただレオナを救いたいだけじゃない。僕が、臥宮生斗《ふしみやいくと》自身が、救いたいんだ。

「でも、いいんだろうか？　それって僕のワガママだよな？　そのせいで周囲に迷惑をかけるのは、それはそれで、心苦《こころぐる》しいよ」

「……んー、あたしは子どもだから、よく分からないけどさ」

目の前の野菜炒めを頬張《ほおば》りつつ、彼女は言った。

「イクトだって、世界の一部《いちぶ》だろ？　自分を殺す必要なんてないんじゃないか？」

その言葉に、僕は目を見開《みひら》く。

「なんにせよ、イクトはあたしのトモダチだ。周囲の迷惑とか、そういうのよりも、トモダチの味方《みかた》をしたいぞ」

「……ありがとう。少し、楽《らく》になったよ」

気休《きやす》めのつもりなのかもしれないけど、おかげで肩が軽くなった。

とはいえ、具体的にはどうすればいいんだろう。不死者ではレオナを満足させられない。その事実が変わったわけじゃない。僕にできること、僕だからこそできることが、何かあればいいんだけど……。

と、そんなことを考えながら、ぼんやりと茉莉《まつり》を見つめる。

彼女は天津飯の飯抜きに手を付けながら、熱心《ねっしん》に携帯ゲーム機をいじっていた。

そういやゲームなんて、最近は全然遊《あそ》んでない。

小学生《しょうがくせい》の頃は結構《けっこう》、色々とやってたんだよな。

親は親なりに、僕のことを気遣《きづか》っていたんだろう。当時としては最新《さいしん》のゲーム機とソフトを買ってくれて、そのことが嬉《うれ》しくて夢中になって遊び続けたりしたこともある。

不死者になってからは生活が激変《げきへん》したせいで、ゲームをする余裕《よゆう》なんてなかったけど、たまには息抜《いきぬ》きをするのも……。

「――そうだ、ゲームだ」

「お待たせしました」

僕が衝動的に立ち上がるのと、注文したメニューが届いたのは、ほとんど同時だった。

「あ、はい。ありがとうございます」

軽く頭を下げ、腰を下ろし、両手を合わせる。

「いただきます！」

挨拶と共に、僕は目の前にある食べ物を一気に平《たい》らげた。ほとんどノドの奥に押《お》し込《こ》めるような形になったが、その全てをすっかり胃《い》の中に納《おさ》めて、再び両手を合わせる。

「ごちそうさまでした！」

はっきりとした声で告げて、そのまますぐにお会計を済ませ、

「茉莉《まつり》！」

さっきまで座っていた場所に目を向け、言った。

「ありがとな！」

茉莉《まつり》は一瞬、目を丸くしたが、

「どういたしまして！」

快活《かいかつ》な笑みを浮かべて、手を振ってくれた。

僕も手を振り返し、店を出る。そしてそのまま、脇目《わきめ》も振らず駆け出した。

向かうべき場所は決まっている。

彩夢《あやめ》咲《ざき》家だ。


「なんの御用《ごよう》でしょう？」

「レオナに会わせてくれ。大事な話がある」

鉄扉《てつび》を隔《へだ》てて向《む》かい合《あ》ったアイシャさんに、シンプルな返事を投《な》げた。

「──既知《きち》の仲とはいえ、午後《ごご》十時《じゅうじ》を過ぎた訪問《ほうもん》に、素直《すなお》に応《おう》じると思いますか？」

「思うよ」

「……」

ほんのわずかな間、静寂が訪れる。

しかしすぐに、目の前にある扉は、重い音を立てて開かれた。

そのまま館《やかた》の中へ入り、広間《ひろま》に通され、しばらく待っていると、

「生斗《いくと》さん？」

か細《ほそ》い声と共に、レオナが現れる。

彼女は黒《くろ》を基調《きちょう》とした薄い寝間着《ねまき》を身に付けていて、その姿に僕は思わず見惚《みと》れる。

かわいい……。

心の声が思わず口から出そうになるが、慌てて首を振り、無理やり邪念《じゃねん》を追《お》い払《はら》った。

「こんばんは。もう、身体は大丈夫？」

「は、はい。なんとか」

レオナはゆっくりとこちらに近づいてくる。その足に枷《かせ》は付けられていなかったが、両手には相変《あいか》わらず手錠がかけられていた。

「あの、驚かれましたよね？　突然、あんなことになって」

あのときの出来事を思い出したのか、彼女はうつむき、悲《かな》しげな表情を浮かべている。

「やっぱり、怒《おこ》ってますよね？　きっと、ものすごく痛かったでしょうし……」

どうやらレオナは、かなり落《お》ち込《こ》んでいるみたいだ。

その気持ちは理解できる。理解できるつもりではいる。

けれど、僕はそんな話をしたいわけじゃない。

「このままだと、生斗《いくと》さんにご迷惑をかけるだけだと思います。だから――」

「あのさ！」

会話をぶった切《ぎ》って、僕は言った。

「デスゲームを作らないか？」

「……へっ？」

「……はい？」

その提案に、レオナも、側にいたアイシャさんも、同時に首を傾げる。

「もう一回《かい》言うよ。デスゲームを、作らないか？」

「は、はあ。デスゲーム、ですか」

「生斗《いくと》様、詳しい説明をお願いします」

キョトンとするレオナと、問い詰めるようなアイシャさんに促《うなが》され、僕はうなずいた。

「彩夢咲《あやめざき》レオナは、暗殺の天才だ。殺すことに関しては天賦の才能を持っている。そのことはもう疑いようがないよね？」

「は、はい。どうやら、そのようです。そのせいで、生斗《いくと》さんにも多大なご迷惑を──」

「その才能を、ゲームに昇華《しょうか》させる！」

再びレオナの言葉を遮《さえぎ》り、力を込めて断言《だんげん》する。

「そうすれば、レオナは救われる、と思うんだ！」

その勢いに気圧されたのか、二人は無言でこちらを見つめた。

「デスゲームという言葉自体は、聞いたことがあるんじゃないかな？　勝てば生《い》き残《のこ》り、負ければ死ぬ。基本《きほん》的にはそういうルールで進行《しんこう》するゲームなんだ。僕自身もあまり詳しく語れるだけの知識はないけれど、でも、ゲームはゲームだ。そのことに変わりはない」

「……とにもかくにも、命がけのゲーム、ということですね？」

アイシャさんの問いを、無言で肯定する。

「で、レオナには、そのゲームを主催《しゅさい》してもらいたいんだ」

「しゅ、主催、ですか？」

「そう、主催者。言《い》い換《か》えれば、黒幕《くろまく》だ。黒幕であるレオナがゲームを主導《しゅどう》し、参加者《さんか》を死に導《みちび》く。それって、『レオナが殺してる』ということになるよね？」

「そ、そうですね。間接的《かんせつ》にかもしれませんが、わたしが殺していることになります」

「そして参加者は、この僕だ」

「……えっ？」

「レオナが主宰《しゅさい》したゲームに、僕が参加して、殺される。それで全てが上手くいくはずなんだ」

「……つまり、ご主人様がデスゲームの中で、生斗《いくと》様を殺せばいい、と？」

「そう。そういうことだよ」

「なんの説明にもなってません。そんなことをしても生斗《いくと》様は死なないし、死なない以上は、ご主人様は満足できません」

「その通り。ゲーム形式《けいしき》にしたところで、疑似《ぎじ》殺人でしかないという事実が変わるわけじゃない。でも、そうじゃないんだ。大事なのは、ただ殺すだけじゃダメ、ということだから」

軽く息を吐き、僕は言った。

「死なない人間を殺す。その上で、満足度を上げる。それが、この計画の肝《きも》だ」

「満足度を、上げる？」

「レオナは、単なる疑似的な殺人では満足できないのかもしれない。『殺したふり』は通用《つうよう》しないということだね。だったら、その殺し方を工夫《くふう》してみたらいいんじゃないかな？　ただ殺すだけじゃなく、頭を使《つか》って、どうやって殺せばいいのかを模索《もさく》するんだ」

目を丸くするレオナの前で、僕は続ける。

「ゲームにはルールがあり、制限《せいげん》があり、秩序《ちつじょ》がある。それはデスゲームでも同じだ。ルールがある殺人は、ただ殺すよりも難《むずか》しく、工夫をこらさなければならない。真剣《しんけん》に考えて、真剣に殺さなきゃいけないということ」

こちらの話すことを、二人はじっと聞《き》き入《い》っていた。

「真剣になるということは、集中するということだ。嫌々《いやいや》な気持ちで殺している限り、集中なんてできない。思い出してみて欲しいんだけど、レオナは僕を殺すとき、どう思っていた？」

「ど、どうって？」

「義務《ぎむ》だとか、作業《さぎょう》だとか、そういう気持ちはなかった？」

「あっ……」

思《おも》い当《あ》たることがあったのか、彼女は軽く声を漏らす。

「たぶん、それじゃダメなんだと思う。どれだけ才能があっても、いや、才能があるからこそ、もっと真剣になるべきなんだ。そうしないと、充分な満足は得られないよ」

「な、なるほど……」

「大事なのは、過程《かてい》だ。『殺した』という結果も大事だけど、どういう過程を経《へ》て殺したのかが、満足度の上昇《じょうしょう》につながるし、満足度が上がったら、実際に殺さなくても衝動は収まる、と思う。それが、デスゲームを作るべき理由だよ」

沈黙が訪れる。

二人とも表情に変化《へんか》はなく、こちらの意図がどれだけ伝わったのかは分からない。

「あの……」

やがて、レオナがゆっくりと口を開いた。

「こういうことを言ってもいいのかどうか分かりませんが……」

「なんでも言ってよ」

「で、では、率直《そっちょく》に述べます。すごく、楽《たの》しそうだと思いました」

そう言って彼女は、まっすぐにこちらを見つめる。

「や、やっぱり、変、ですよね、こういう感覚って。でも、本当に楽しそうだなって思ったんです。工夫をこらして人を殺す。その過程を想像《そうぞう》すると、ワクワクしたんです」

レオナの表情は生《い》き生《い》きとしていて、僕は思わず口元を緩めた。

「変じゃないよ。それでいいんだ。ゲームって、楽しいものなんだから」

「えっ……」

「デスゲームだって、ゲームはゲームだ。だから楽しめばいい。同じように、殺人も楽しめばいいんだ」

「さ、殺人も、ですか?」

「レオナにとって、殺人は人生の一部だ。生まれたときから決まっていることで、その運命《うんめい》は変えようがない。だったら、その運命ごと楽しめばいいんじゃないか? たとえどんな人でも、その人生を前向《まえむ》きに受け止めていいし、受け止める権利があるんだから」

「……」

彼女は少しの間、視線を落としていたが、

「……生斗《いくと》さんは、暗殺者としてのわたしを認めてくれるんですね」

そう言ってかすかな笑みを浮かべる。

「楽しんで人を殺してもいい。そんなことを言ってくれるだなんて、思ってもいませんでした」

「もちろん、倫理《りんり》的には間違ってると思う。でも、それで君が少しでも幸《しあわ》せになれるのなら、僕はその手伝《てつだ》いをしたいよ」

「——本当に、それで上手くいくのでしょうか?」

「分からない。けど、やってみる価値《かち》はあると思う。少なくとも、実際に人を殺す前に、色々と試《ため》しておくべきじゃないか? やれることはなんでもやっておいた方がいいよ」

「…………そう、ですね」

深く悩んだ末に、彼女は顔を上げて、言った。

「生斗《いくと》さんの言う通りかもしれません。完璧な満足は得られなくても、ゲームを通して自分を慰《なぐさ》めることで、衝動をやり過《す》ごすことはできるのかも」

自信《じしん》なさげに話すレオナの瞳には、しかし、確かな意志が宿っている。

「分かりました、デスゲームを作ってみましょう。アイシャ、いいですよね？」

「いいも悪いもありません。私はご主人様の望む通りに動くだけです」

その返事に、レオナは小さくうなずき、こちらを見つめた。

「それでは生斗《いくと》さん、よろしくお願いします」

「ああ、こちらこそ」

こうして僕たちの、デスゲーム作りの日々が始まったんだ。

3

翌日《よくじつ》からは、色《いろ》んなことが変わった。

たとえば、通学中《ちゅう》のこと。

「おはよう、生斗《いくと》！」

「おはよう」

いつものように流夏《るか》と顔を合わせ、一緒に歩いていると、

「んがっ！」

足に強烈な痛みが襲《おそ》いかかり、思わず叫びを上げる。

見ると、右《みぎ》の靴《くつ》から長く鋭《するど》い針《はり》が何本《ぼん》も突《つ》き出《だ》していた。

地面にはゴテゴテした装置《そうち》が埋《う》め込《こ》まれていて、複雑《ふくざつ》な仕組みの『仕掛《しか》け』が施されていたことが分かる。おそらく僕がこれを踏《ふ》んだ瞬間に、遠隔操作《えんかくそうさ》で発動《はつどう》させたんだろう。

周囲に目を向けると、曲《ま》がり角《かど》に隠れる人影《ひとかげ》が見えたような気がした。

再び視線を足元《あしもと》に戻すと、もうすでに傷はふさがっていて、痛みもない。致命的な箇所に傷を受けたことで、『リセット』がかかったんだと思う。たぶんだけど、大腿動脈《だいたいどうみゃく》が切断《せつだん》された、というのが濃厚《のうこう》なところか。

「生斗《いくと》、大丈夫か？」

「ん？　平気《へいき》、平気」

流夏《るか》に応えつつ、埋《う》まっていた罠《わな》を掘《ほ》り出《だ》して、道《みち》の隅っこに置く。

これで他の人が被害に遭うこともないはずだ。

「じゃあ、行こうか」

「あ、ああ」

流夏《るか》はキョトンとした様子を見せていたが、それ以上は追及《ついきゅう》せずに僕と並んで歩く。

次《つぎ》のサプライズは、授業中《じゅぎょうちゅう》に起きた。

特別なことなんて何もない、いつも通りの教室《きょうしつ》で、ぼんやり先生《せんせい》の話を聞いていると、

「えっ」

僕の机《つくえ》の上に、開いていた窓の外から何かが投《な》げ込《こ》まれ、思わず声を漏らす。

目の前にあったのは、人を一人殺せそうなほどの爆弾《ばくだん》だ。

「！」

反射的にそれを手に持ち、自分の身体で上から覆《おお》いかぶさる。

瞬間、爆弾は炸裂《さくれつ》！

肉が割《さ》け、骨が砕《くだ》け、血しぶきが飛び散る。

その惨状《さんじょう》を目《ま》の当《あ》たりにしたクラスメイトたちが、それぞれに驚愕《きょうがく》の表情を浮かべ、

「キャ――――――ッ！」

誰かが高い悲鳴《ひめい》を上げた。

しかし、それも刹那の出来事だ。次の瞬間、僕は元通《もとどお》りになり、何もかも『なかったこと』になっていたのだから。

周囲への被害も何もなく、その急変《きゅうへん》っぷりにも、やはりクラスメイトのみんなは付いていけないのか、驚くばかりだ。

「ご、ごめんごめん。映画《えいが》の撮影《さつえい》なんだ」

僕は愛想《あいそ》笑《わら》いを浮かべ、何事《なにごと》もなかったかのように自分の席に戻る。

しばらくの間、みんなはまじまじとこちらを見つめていたが、

「そっか、映画の撮影か」

「まあ、臥宮《ふしみや》のことだからな。こういうこともあるか」

「あんまり無茶《むちゃ》すんなよ」

そういった言葉を口にしつつ、着席《ちゃくせき》していった。

「ふう……」

なんとか誤魔化《ごまか》せたことに安堵《あんど》し、軽く息を吐く。僕が『不死身の生斗《いくと》』と呼ばれ、色んなところで活動《かつどう》していることは、クラスメイトもなんとなくは知っていることだし、今回もその一環だと思ってくれたのだろう。

しかし、今のはとっさに動けたから良かったものの、少しでも反応が遅《おく》れていたら、周囲への被害は甚大《じんだい》なものなっていたはず。そんな『もしも』を想像すると寒気《さむけ》がしてくるけれど、でもまあそのあたりのことは、向こうも把握しているのだろう。

その上で、仕掛けてきてるんだ。そこは安心《あんしん》していいんだよな？

窓の外からは誰かが逃《に》げ出《だ》すような物音《ものおと》が聞こえたけど、僕はそれをスルーして、作り笑いを浮かべた。


で、次に事件が起きたのが、昼食時《ちゆうしよく》。

学食《がく》で注文した大盛牛丼《ぎゆうどん》の中に、毒《どく》が入っていたんだ。

「う、ぐっ!」

どんぶりをかっ食らった直後に、白目《しろめ》をむいて僕は食堂《しよくどう》に倒れ伏す。

おそらく即効性《そつこう》のある毒だったのだろう。反射的に吐き出しそうになるが、寸前で思い留《と》まる。そんなことをすれば、きっと大騒《おおさわ》ぎになるから。

「ん、ぐ、ぅ〜〜〜〜〜〜〜〜っ!」

こみ上《あ》げてきた物を無理やりノドの奥に押《お》し戻《もど》すと、すぐさま異変は収まった。

「はあ……」

気持ちを落ち着けた僕は、誰にも気付かれないようにため息をつく。厨房に視線を向けると、慌てて身体を隠す誰かの姿が見えたが、やはりそれ以上は追及しない。

——ここまでは順調《じゆんちよう》か。

散々な目に遭いつつも、僕は冷静にそんなことを思った。

放課後には昨日と同じく、校門の前にアイシャさんが立っていた。

「こんにちは、生斗《いくと》様」

「……こんにちは」

しれっと無表情《むひょうじょう》で挨拶されて、さすがに少し眉をひそめたが、まあ、こんなところで詳しいことを話し合うわけにもいかないか。

「それでは、行きましょうか」

いつも通り、彼女がそう言ったとき、

「やあ、生斗《いくと》！　今からお帰《かえ》りかい？」

駆け寄ってきたその人物——月島流夏《つきしまるか》を見て、思わず目を丸くした。

「ふむ。この人が『あのメイドさん』かい？」

彼女はさりげない口調のまま僕の側に近づき、間近からこちらを見上げる。

……偶然、じゃないよな、きっと。

今朝《けさ》はあんな光景を目の当たりにしたし、教室での出来事も、あれだけの騒ぎになったんだから、当然、耳に入ってるだろうし。

「ああ。『あのメイドさん』だよ」

下手《へた》な言《い》い訳《わけ》は通用しないと判断した僕は、その視線をアイシャさんに向ける。

「……はじめまして。アイシャと申します」

アイシャさんは一瞬だけ僕たちを見比《みくら》べたが、何事もない様子で頭を下げた。

「月島流夏《つきしまるか》様、ですよね？　生斗《いくと》様のご学友《がくゆう》だと把握しております」

「学友、か。まあ、そうだね。間違ってはないかな」

「でしたら話は早いでしょう。私は生斗《いくと》様に『お仕事』を依頼しています。その関係で、今日もこうしてお迎《むか》えに上がったというわけです」

「その『お仕事』って、どんなもの？」

「契約上《じょう》の守秘《しゅひ》義務がありますので、詳しいことは話せません。どうかご理解していただけると助かります」

「なるほど、守秘義務。そう言われたらどうしようもないね」

と、流夏《るか》はこちらに向くと、

「今更《いまさら》かもしれないけど、改めて言っておくよ」

声を低くして、間近に迫った。

「生斗《いくと》がどこで何をしようが、生斗《いくと》の自由さ。でもね。せっかく神様に助けてもらった命なんだから、大切《たいせつ》にしようね？」

「あ、ああ。分かってるよ」

しばしの間、彼女は僕を見つめていたが、

「……そっか。分かってるのならいいさ」

やがてにっこりと笑みを浮かべて、スカートのポケットから何かを取り出す。

それは、小さな水晶《すいしょう》の欠片《かけら》だった。

「お守り代わりに持っておいてくれ。生斗《いくと》の身に何か災《わざわ》いが起きたとき、その水晶が代わりに受け止め、砕けてくれるはずだから。まあ、確実にというわけじゃなくて、運が良ければ、という程度の物だけど」

「――そっか。ありがとう」

水晶の欠片を受け取ると、流夏《るか》はそっと僕から離れ、

「それじゃあ、えっと、アイシャさんだっけ？　生斗《いくと》のことをよろしく頼むよ」

「よろしく頼まれました」

言うだけを言うと、軽く手を振って、校門の外へと消えていった。

「……流夏《るか》のことも知ってたんですね」

あいつの姿が見えなくなってから、僕はつぶやく。まあでも、そりゃあそうか。僕のことを調べていたのなら、その周囲のことも、自然と耳に入るだろうし。

「それでは、参りましょうか」

こちらの問いかけを完全に無視《むし》して、彼女はさっさと歩き出した。

「で、上手くいったんですか？」

アイシャさんの後に続き、周囲に人気《ひとけ》がないことを確認しながら、小声《こごえ》で尋ねる。

「ええ、まあ」

するとアイシャさんは、どこからかハンディカメラを取り出し、それを見て僕はうなずく。

そう。今日の騒動《そうどう》は全て、僕たちにとっては『想定内《そうていない》の出来事』だったんだ。

昨夜《さくや》の間に練《ね》った『計画』の内《うち》なんだから。

——デスゲームを作る。それが、僕たちにとって当面《とうめん》の目標《もくひょう》だ。

けれど、具体的には何をすればいいのかが分からない。当然だけど、僕はデスゲームを開催《かいさい》したことなんてないし、それはレオナたちも同じだ。

全てが手探《さぐ》りな状況の中、僕たちはあれこれと話し合った結果、

『とりあえず人を殺せるようなトラップを作ってみよう』

ということになったんだ。

で、その手始《てはじ》めとして、『臥宮生斗《ふしみやいくと》を対象《たいしょう》にしたテストプレイ』が行《おこな》われたわけだ。

どんなトラップならどれだけの効果《こうか》があるか。即死性や残虐《ざんぎゃく》性、デスゲームの中でどう活《かつ》用《よう》できるか等々《などなど》。

記念《きねん》すべき初日《しょにち》は、『ハプニング重視《じゅうし》』というコンセプト。『不意《ふい》打《う》ちをする』ということは事前《じぜん》に伝えられていたけど、その内容までは秘密《ひみつ》だったため、僕は見事に引っかかり、何度

も死ぬような目に遭った、というわけだ。

所々《ところどころ》で目にした人影は、アイシャさんだろう。彼女は今回の殺害《さつがい》の実行者であり、その様子を撮影するのが役目《やくめ》だった。

「メイド服のまま、周囲の人に気付かれずに行動するのは大変だったんじゃないですか？」

「ええ、まあ」

アイシャさんはこちらに目も向けず、短く答える。そっけない返事だが、『問題はなかった』ということなのだろう。

撮影を前提《ぜんてい》に動いているから、どうしても隙ができるはずなのに、僕は最後《さいご》まで彼女の姿をはっきりと確認することはできなかった。事前に覚悟を決めていた僕でさえ、そうなんだから、他の人はそれ以上に難しかったのかもしれない。実際、今日は僕に関する話題は尽きなかったけど、『校内《こうない》で不審《ふしん》な人物を見かけた』という話は聞いてないし。

「有能メイドという肩書《かたがき》は伊達《だて》じゃない、ということですね」

「ええ、まあ」

尊敬の念を込めた言葉にも、やはり彼女は、あっさりと答えた。

「……アイシャさん？」

不審に思った僕は、アイシャさんの顔を覗《のぞ》き込《こ》み、……無言で目を見開く。

彼女が、大きな鼻《はな》チョウチンを膨《ふく》らませていたからだ。

ね、寝《ね》てる……。

歩きながら、返事をしながら、目を開けながら、さらには鼻チョウチンを膨らませるという、ベッタベタなリアクションをしながらだ。

驚愕する僕の前で、その鼻チョウチンは不意に割《わ》れて、

「はっ」

同時に、アイシャさんの目に光が戻る。

彼女は一瞬だけ呆《ほう》けた表情を見せたかと思うと、その視線をこちらに向け、

「……この人にも、人間らしい意外な一面《いちめん》があるんだな、と思いましたか？」

「へっ？ あ、ああ、うん、はい」

「なるほど、狙い通りです。普段《ふだん》とのギャップで動揺を誘《さそ》い、生斗《いくと》様の心をつかんで、更なる協力を強《し》いる。その布石《ふせき》はしっかり打《う》てたということですね」

「……それ、自分で全部説明したら意味ないと思うんですけど」

「生斗《いくと》様、もうすぐ到着します」

こちらの突っ込みを無視して、アイシャさんはまるで何事もなかったかのようにそう告げる。

あくまでも『本当は寝ていなかった』という立場を貫くつもりのようだが、でもまあ、僕はその姿勢を非難《ひなん》するつもりなんてなかった。

だって、今回の仕掛けは、全てアイシャさんが作ったのだから。

昨日の時点からそういう予定だったし、これだけの準備をするのには時間も手間《てま》もかかったはず。おそらく徹夜《てつや》で仕上《しあ》げて、一睡《いっすい》もしてないんだと思う。

ギャップ、か……。

顔を上げると、彩夢《あやめ》咲《ざき》家のお屋敷が間近に近づいてくるところだった。

僕は軽く首を振り、アイシャさんと共にその門《もん》をくぐる。


「こ、こんにちは、生斗《いくと》さん」

いつものように広間で待っていると、レオナが軽い足取《あしど》りでこちらに駆けよってきた。

彼女の手には、やはり手錠がかけられていたが、その表情は明るい。

「早速ですけど、色々と尋ねても、いいですか？」

「ああ、もちろん。『実験《じっけん》』のことだよね？」

「は、はい、そうです！　どうでしたか？　痛みや苦しみなどは？」

「問題ない。すごく痛かったし、苦しかったよ」

親指《おやゆび》を立てて突き出すと、レオナは目を丸くし、すぐに笑みを浮かべた。

「そっか、良かった……。昨日からずっと、生斗《いくと》さんを殺す方法《ほうほう》を考えてました。その内《うち》のいくつかは今日、アイシャに実行してもらいましたが、上手く作用《さよう》してくれたのなら嬉しいです」

その笑顔があまりにもまぶしくて、思わず目をそらす。

ああ、もう、かわいいなあ、ちくしょう！

ついつい顔をほころばせそうになるが、僕は無理やり意識を引《ひ》き戻《もど》し、現状を再《さい》確認する。

——今回の『実験』において、レオナはトラップの内容を考えるのが担当《たんとう》だった。

それもまあ当然だ。『殺したい』と思ってるのは彼女なんだから。

加えて、彩夢《あやめ》咲《ざき》家は暗殺一家だ。

アイシャさんが言うには、

『殺すことに関する文献や資《し》料《りょう》は、家の中にたくさん残されている』

ということだったので、レオナはその資料を探しつつ、どう殺したいのか、どんなゲームにしたいのかを考えることが求められていたんだ。

「結果をご覧《らん》になりますか？」

「う、うん、お願い」

アイシャさんに尋ねられ、差し出されたハンディカメラを、レオナは覗き込んだ。

録画《ろくが》していた映像が再生《さいせい》され、その様子を、彼女はまじまじと眺める。

「……こ、これ、わたしのせいなんですよね」

レオナは静かな口調で、そう問いかけた。

「わたしの提案したことが原因《げんいん》で、生斗《いくと》さんは苦しんでるんですよね？」

「──ああ、そうだよ」

率直に答えると、彼女は視線を落とし、息を吐く。

「そのことを想像すると、なんだか、とっても……」

そうして、チラリとこちらに目を向け、言った。

「とっても、ドキドキします……！」

頰は赤らみ、その瞳の奥には明るい光が点っているように見える。

「こ、こんなこと思っちゃいけないって、頭では分かってるのに……、でも、生斗《いくと》さんが苦しんで、死ぬような目に遭っている様子を見ていると、心が晴《は》れる感じがします。そ、それが、今のわたしの、偽らざる気持ちです」

「うん、それでいいと思う。今はとにかく、自分の気持ちに正直《しょうじき》になることが大事だから」

映像の中には出血《しゅっけつ》などを含《ふく》めて、凄惨《せいさん》な光景が広がっているはず。

その現場を目の当たりにした上での、この感想《かんそう》。

それはすなわち、殺意が満たされているということだ。

第一段階としてはまずまずの成果《せいか》、なのかもしれない。

「具体的には、どのあたりがドキドキした？」

「そう、ですね。生斗《いくと》さんが爆発《ばくはつ》した瞬間は、特に心を動かされました。足元へのトラップも、びっくりポイントが高いですね。ただ、毒殺《どくさつ》は少し地味《じみ》というか、見た目のインパクトが弱《よわ》いように感じました」

「なるほど。どうやら分かりやすく派手《はで》に殺した方が、衝動を解消する効果が高そうだな……。トラップの考案《こうあん》は、このまま任せてもいいかな？」

「は、はい。幸いにも、家の中にはたくさん資料があるみたいですし、しっかりと利用させてもらおうかな、と思ってます」

たどたどしい口調ながらも、彼女は晴れやかな顔を見せる。

「ち、地下《ちか》に行ってみたんですよ。今までは、なんとなく怖かったので、近づかなかったんですけど、お、思《おも》い切《き》って降《お》りてみました。そしたら、倉庫《そうこ》とか書庫《しょこ》とか、色んな部屋があって、ワクワクしました。まだちゃんと、調べられてはいないんですが」

「そっか。まあ、そこは焦《あせ》らなくても、レオナのペースでやっていけばいいよ」

「なるほど。無理は禁物、というやつですね」

「とりあえず、この調子《ちょうし》で続けてみようか。やれることを地道《じみち》にやっていくしかないんだし」

「は、はい！　また明日も――、あっ」

と、そのとき彼女は何かに気付いたように声を漏らし、身体を固まらせた。

「どうかしたの？」

「あ、あのですね、明日の前に、その、今日も『あれ』が、来ると思うんですよ」

『あれ』がなんなのかを、僕はすぐに察する。でもまあ、そこは覚悟の上だ。撮影した映像を見ただけで、衝動を完全に抑え切れるとは思っていない。

「分かってる。きっと、昨日と同じように、レオナは疲《つか》れ果《は》てるまで、僕を殺すことになると思う。大変かもしれないけど、しばらくは――」

「そ、それはいいんです！」

僕の言葉を遮り、レオナは叫ぶ。

「わ、わたしよりも、殺される生斗《いくと》さんの方がずっと大変ですし……、ただ、その、そうじゃなくて……」

指をモジモジさせ、視線を地面に落とし、彼女は言った。

「ほ、報酬の件《けん》が、うやむやになっていた、と思いまして……」

「――うっ」

なるべく触れたくない問題だったけど、忘れてなかったか。

報酬というのはもちろん、ワンタッチのことだ。

「昨日の分もそうですけど、『実験』で負担《ふたん》が増《ふ》えたことも考えると、報酬は上がって当然だと思うんです。となると、やっぱり、ワンタッチ以上の行為を追加するということに――」

「あ、あの！　考えたんだけど！」

話がまずい方向に進みそうになるのを、僕は無理やり制止《せいし》した。

「その話は、ひとまず保留《ほりゅう》にしないか？」

「保留、ですか？」

「もちろん報酬は欲しいんだけど、うーん、どう言えばいいんだろう。『貯《た》めておく』でいいのかな？　そうした方が、メリットがあるというか……」

本当は問題を先延《さきの》ばしにしたいだけだが、レオナを傷つけないためには伝え方を考える必要がある。

「は、はあ。どんなメリットでしょう？」

「え、えっと……、あの、その、そう！　満足したいからなんだ！」

「ま、満足、ですか？」

「一日に一回だけ触るより、後でまとめて、いっぱい触りたいんだよ！」

頭に浮かんだことを、何も考えず一気にまくしたてる。

「……」

すると、レオナの顔はみるみるうちに真《ま》っ赤《か》になり、こちらから視線をそらした。

その反応を見て、僕は自分の言葉をゆっくりと思《おも》い返《かえ》し、

「あっ」

とんでもないド変態発言《へんたいはつげん》だったことに気付いた。

「あ、あの」

思わず否定しそうになるが、でも、今更それも不自然《ふしぜん》だ。

「そ、そうなんだよ。そ、その方が、僕は満足できるんだ。だ、だって、健全な男の子だからね、はは、ははは……」

乾《かわ》いた笑いが、部屋の中に響《ひび》く。

「も、もちろん、レオナがそれで良ければ、なんだけどさ。無理強《むりじ》いするつもりは——」

「か、構いません」

「えっ」

「あ、あ、後で、いっぱい、触ってください……！」

——マジですか。

「話はまとまったようですね」

と、アイシャさんが表情を変えずにこちらへ近づいてくる。

彼女は僕の肩にそっと手を置くと、小さくうなずいた。

「お気持ちはよく分かります」

「絶対、分かってませんよね」

「ただし、期限《きげん》は決めておくべきでしょう」

こちらの突っ込みを無視して、彼女は僕たち二人を交互に見る。

「無《む》期限での保留となると、それこそ話がうやむやになって、面倒なこじれ方をする可能性がありますす」

なるほど、確かにそこは、きっちりと決めておいた方がいいだろうな。

「じゃあ、そうだな……。デスゲームが完成《かんせい》した時点で支払ってもらう、というのはどうかな？」

今、僕たちは、デスゲームを作るために動いている。

だとしたら、その完成を一区切《ひとくぎ》りとするのが、分かりやすいと思う。

「そう、ですね……。異論《いろん》はありません。それでいきましょう」

レオナの言葉に、アイシャさんも無言でうなずいた。

「よし、決まりだ。これからもよろしく」

「は、はい。……そ、それでは、その、早速なのですが」

レオナはちらりと、窓の外に目を向ける。

気が付けば空は暗くなっていて、まさに陽が沈もうとしているところだった。

「今日もわたしに、殺されてください」

「ああ、分かった」

「ご主人様」

僕がうなずくのと同時に、アイシャさんはどこからか一本のノコギリを取り出し、レオナに手渡した。その物騒な一品《ぴん》に、僕は少しだけ眉をひそめたけど、すぐに理解する。

（分かりやすく派手に殺した方が、衝動を解消する効果が高いかもしれない）

それが、今日一日の内に導《みちび》き出《だ》した答えだ。

ならば、ノコギリという凶器《きょうき》は最適《さいてき》だろう。

「レオナ、しっかりと想像するんだ。ただ殺すだけじゃなく、どう殺したいのかを」

「は、はい。――っ！」

返事をした瞬間、彼女は身体をのけ反らせる。

「う、あっ、ん、んんんっ！」

全身を震わせ、口からは苦悶の声が漏れる。その様子を見たアイシャさんが手元《てもと》のスイッチを押し、レオナの拘束が解かれた。

自由になった彼女をまっすぐに見つめ、僕は叫ぶ。

「さあ、来い！」


「ふう……」

行きつけのカレー屋さんで、いつもの席に腰かけるのと同時に、声を漏らした。

「チキンカレー特盛《とくもりよ》四人前《にんまえ》、コーンサラダ五人前」

「はい、かしこまりました」

注文は滞《とどこお》りなく通り、店員さんは厨房へと消えていく。

「お疲《つか》れの様子だな！」

賑《にぎ》やかな店内《てんない》をぼんやり眺めていると、不意に聞き覚えのある声がした。

「茉莉《まつり》、来てたのか」

「ああ、来てたぞ」

茉莉《まつり》は少し離れた席にいたが、自分の注文した品を抱えて僕の隣へと詰《つ》め寄《よ》ってくる。彼女の手元にあるのは、ラッキョウと福神漬《ふくじんづ》けと、トッピング用《よう》の半熟《はんじゅく》タマゴ。カレーそのものを注文した様子はなく、相変わらずな偏食っぷりに、僕は少しだけ苦笑《くしょう》する。

「疲れてる割《わり》には、楽しそうだな。悩みは解決したのか？」

「……解決はしてない。けど、なんとかするよ」

さっきまでのことを思い出し、僕は大きく息を吐いた。

結局、レオナの殺人衝動は解消されなかったからだ。

僕は昨日と同じように、いや、それ以上にひどい目に遭った。でもまあ、そこは想定内だったし、気に病《や》むところじゃない。問題は山積《やまづ》みだけど、一つずつ消化《しょうか》していくしかないんだ。

「――充実《じゅうじつ》してるってことだな」

僕の表情をどう読《よ》み取《と》ったのか、茉莉《まつり》は自分なりに結論を出し、何度もうなずく。

「だったら、いいさ。イクトはイクトで、好きなようにやればいい。好きなようにやるイクトを見ているのが、あたしの楽しみでもあるんだからさ」

「……変わった趣味《しゅみ》だな」

「趣味ってほどでもないけどな！」

「変わってる、というところは否定しないんだな」

そうこう話しているうちに、茉莉《まつり》は食事を終えると、さっさと会計を済ませ、

「ごちそうさま！　イクト、また会おうな！」

高らかに叫んでから、夜の街に消えていった。

その後《うし》ろ姿《すがた》を見送りつつ、僕は無言で親指を突き立てる。

好きなようにやればいい、か。確かに、その意見《いけん》には同意だ。

だとしたら、やるべきことは決まっている。

今はただ、減りに減った、この腹を満たす。

「お待たせしました」

「いただきます！」

注文した品が届くと、僕はすぐさま食事にありついた。

明日もきっと、過酷《かこく》で苛烈《かれつ》な一日になるのだろう。それはもう分かっている。

だからこそ、食事は大事だ。

心を殺さないために、好きな物を好きなだけ食べる。

それが、不死者である僕にとっての、健康の秘訣《ひけつ》だ。

──『こうなる前』は、どんな食生活《しょくせいかつ》だったかな。

不意にそんな考えが頭に浮かんだけれど、僕はすぐにそれを追い払い、口と手を動かし続けるのだった。

――――――――

雑記十四《よん》

アイシャを雇《やと》ってから三年が経《た》った。
当初《とうしょ》は戸惑うことも多かったみたいだが、今ではすっかり彩夢《あやめ》咲《ざき》家の一員《いちいん》だ。
飲《の》み込《こ》みが早く、教えたことはすぐに吸収《きゅうしゅう》して、自分のものにする器用さがある。
言葉もすぐに覚えたし、察しもいい。
感情を表に出すのが苦手《にがて》みたいだけど、ここでの生活に不満《ふまん》を覚えている様子はない。
アイシャのおかげで、生活が楽になったのは確かだ。
仕事で家を空けるときは、彼女にレオナの世話《せわ》を任せている。
年の差がそれほど変わらないからか、話も合うようだし、レオナもよく懐《なつ》いている。
まるで本当の姉妹《しまい》のようだ。
穏やかな日々が続いている。

ずっとこんな毎日が続いて欲しいが、でも、それは叶わぬ願いだ。
彩夢咲《あやめざき》家の仕事には、必ず死が伴《ともな》う。
人を殺した代償は、いつかどこかで、巡り巡って自分に返ってくるはずだ。
私の母や祖母《そぼ》のように。
当主の座を受け継いだ以上、その覚悟はできている。
それでも今はただ、この時間を大切にしたい。
娘たちと過ごす時間を。

――

――

――

――

――

――

――

第三章

1

デスゲーム作りの日々は、その後も続いた。

レオナが家の中を探索《たんさく》し、資料を探す。そこで見つけた物や感じたことを、アイシャさんに伝え、二人で相談する。その結果、『決定《けってい》』となったトラップをアイシャさんが作って、色んな場所に仕掛ける。

全ては、僕を殺すために行われていることだ。

当然、仕掛けられていること自体はこちらも承知《しょうち》の上だけど、それでも一日中《いちにちじゅう》警戒し続けることなんてできないので、気を抜く瞬間はある。

まさにそのときを狙ったかのように、様々なトラップが発動するんだ。

そのたびに僕は無残《むざん》な死を迎え、生《い》き返《かえ》る。

きっとアイシャさんは、僕の集中力が欠《か》ける瞬間を完全に見抜《みぬ》いているのだろう。

というわけで、日中《にっちゅう》は僕をトラップで殺し、放課後はレオナの家に出向《でむ》き、彼女に直接殺される。そんな毎日がしばらくの間、続いた。

――けれど、やがてその日々は、緩やかな暗礁《あんしょう》に乗《の》り上《あ》げる。

「うーん……」

ある日の放課後、彩夢《あやめ》咲《ざき》家の広間で、『本日《ほんじつ》のトラップ』について話し合っているとき、

「なんだか、同じようなことばかりの繰り返しですね」

「ん、だね」

レオナのその言葉に、僕はゆっくりとうなずいた。

トラップの作成《さくせい》自体は、滞りなく進行している。

ただ、その内容がマンネリというか、ワンパターンになりつつあるんだ。

そしてその理由は、僕が不死者であることと密接《みっせつ》に関係している。

たとえば、よくあるデスゲーム物の娯楽作品《ごらくさくひん》だと、四肢《しし》を痛めつけたり、身体の一部を犠牲《ぎせい》にするような仕掛けが登場《とうじょう》したりするけど、そういうのは僕に通用しない。手足の一本や二本《ほん》なくなったって、『リセット』されたら元通りになるのだから。

もちろん、どんな傷でも治るというわけじゃない。当然だけど、死なない程度のダメージを受けたくらいだと、『リセット』は起きないんだ。だから、僕を傷つけることだけが目的なら、『そういうトラップ』も有効《ゆうこう》だとは思うけど、今はそのことを考慮《こうりょ》する必要はないだろう。

また、僕には薬《くすり》が効《き》かないので――正確には効いても『リセット』されるので、気絶《きぜつ》させた

り、動きを鈍《にぶ》らせている間に何かをする、といったことも不可能だ。まあ、毒殺案《あん》は早い段階で排除《はいじょ》されてるから、ここも深く考えなくていいことだけど。

ともあれ、僕を殺す方法は限られている。そのことが、トラップのワンパターン化《か》につながっていると言ってもいい。

もう一つの問題は、『トラップを作ることだけ』しかできていない、というのもある。作《つく》り上《あ》げた物を、どうやってゲームの中に落《お》とし込《こ》めばいいのか。そのアイデアが、僕たちには欠けているんだ。

「とりあえず、次の段階に進んでみようか？」

「そ、そうですね。でも、どうすればいいんでしょう？」

「うーん、そうだな……。今までに作ったトラップを、続けて発動させてみる、とか？　たとえば、そう、スタートからゴールまでを設定《せってい》して、その間にトラップを敷《し》き詰《つ》めるんだ。で、そこを僕が駆《か》け抜《ぬ》け、ゴールまでたどり着けるかどうかを試してみる。そういうのはどう？」

「な、なるほど、それは楽しそうですね。では、早速やってみましょう。ひとまずこの大広間の中に仕掛けて、試してみましょうか」

レオナの言葉を受けて、僕たちは手早《てばや》く簡潔《かんけつ》に、大広間の中に数々のトラップを仕掛けた。

スタートとゴールを、それぞれ部屋の対角《たいかく》の場所に設定して、スタート地点《ちてん》には僕、ゴール地点にはレオナとアイシャさんが立つ。

「で、では、ゲームスタートです！」

やがてレオナの合図《あいず》と共に、デスゲーム（仮）は始まった。

……が、しかし、その試みは全《まった》く上手くいかない。

僕が大広間の中を歩き、特定《とくてい》の場所を踏んだり触れたりすると、トラップは発動する。その一《ひと》つ一《ひと》つはどれも殺傷《さっしょう》性の高い物ばかりだが、でもそれだけだ。殺すための装置を、ただ並べているだけで、連続《れんぞく》性がない、とでも言えばいいのだろうか。

はっきり言ってしまえば、つまらないんだ。

何度も殺されつつ、ゴールへとたどり着いた僕は、レオナたちに尋ねる。

「えーっと……、ま、満足できた？」

二人は同時に首を横に振り、小さく息を吐いた。

「じゃ、じゃあ、何が悪かったんだろう？」

その問いにも、彼女たちは首をひねるばかりだ。

でも、それも仕方のないことかもしれない。だってレオナは、ずっと隔離《かくり》された状態で日々を過ごしてきたんだ。きっと、ゲームを遊ぶ機会なんてなかったのだろうし、『ゲームとは、どういうものか』を知る機会、考える機会も少なかったはず。

アイシャさんも有能なメイドだが、彼女の仕事はあくまでもサポートだ。自主的に考えたり、行動したりするのは、『ご主人様』であるレオナの役目なんだ。

大事なのは『レオナがどうしたいのか』であり、彼女に明確なビジョンが見えてない以上、行《い》き詰《づ》まるのは必然《ひつぜん》だったのかもしれない。

と、そうこうしているうちに、窓の外から入る光が暗くなる。

「ご主人様」

「ん」

アイシャさんが手渡したのは、二本のアイスピックだ。

「生斗《いくと》さん、今日の作業はここまでです」

得物を両手に持ち、レオナは寂し気な表情を浮かべる。

今日もまた陽が落ちて、殺人衝動が訪れるということだ。

「分かった。続きはまた明日にしよう」

覚悟を決めて、彼女と真正面から向き合う。

「さあ、いつでもいいぞ！」

僕が叫んだのとほぼ同時に、陽が沈み、アイシャさんが拘束を解くためのスイッチを押した。


「うーん……」

近所のラーメン屋で夕食を迎えながら、僕は小さくうなった。

　本日のメニューは、豚骨醤油《とんこつしょうゆ》ラーメン特盛のトッピング全部のせ。普段からよく頼む一品で、調子次第では二杯目、三杯《ばい》目に突入《とつにゅう》することもあるんだけど、今日はなかなか箸が進まず、もそもそと麺《めん》をすするばかり。

「やあ、イクト！」

　そんな僕の元へ、茉莉《まつり》が駆け寄ってきた。その両手にはトッピングメニューである煮《に》タマゴと白髪《しらが》ネギの小皿《こざら》があり、どうやらいつも通り、ラーメンそのものは注文していない様子だ。

「あたしも今から晩飯《ばんめし》なんだ！　一緒に食おうぜ！」

　隣の空いていた席に座る茉莉《まつり》へ、僕は無言でうなずき、目の前のラーメンに視線を戻した。

　食事を進めつつも、頭に浮かぶのはさっきまでの出来事だ。デスゲーム作りは明《あき》らかに停滞《ていたい》している。どうにかして先へと進めたいけれど、何をどうすればいいのやら。

「悩んでるのか？」

　そんな僕に、茉莉《まつり》が声をかけてくる。

「なんのことだ？」

「なんだか、いつものイクトと違うからな。考《かんが》え事《ごと》でもしてるんじゃないかなって思ったんだ」

「……すまん、気を遣わせちゃったかな。でも、大丈夫だよ」

「そっか、それならいいんだけど。でもまあ、悩み事《ごと》があるなら、いつでも言ってくれよな。あたしとイクトの仲なんだし、遠慮《えんりょ》は無用だよ」

「ああ、ありがとうな」

答えつつ、食事を再開する。

悩んでる、か。確かに、茉莉《まつり》の指摘は間違ってなかった。これから先、どうすればいいのかという、明確なビジョンが見えてこない。

デスゲームを作るための知識が、圧倒的に足《た》りてないんだ。

できれば専門《せんもん》家の意見が欲しいところだけど、でも、専門家ってなんだ？

デスゲームの専門家？　そんなのが存在するとしても、その人を探さなきゃいけない？

「……いや、そうじゃない」

誰に聞かせるでもなく、僕はつぶやきを漏らす。

そう。デスゲームにこだわる必要はない。現時点での問題は、『つまらないこと』なんだから。

作り上げたトラップを、ゲームとして昇華できないせいで、行き詰《づま》っている。

ならば、大事なのはデスゲームではなく、ゲームそのものだ。

ゲームの専門家や得意《とくい》な人、趣味で遊んでいる人がいれば、僕たちの抱えている問題は解決するのかもしれない。

もちろん僕だって、かつて夢中になってゲームを遊んでいた時期《じき》はある。しかしそれも今は昔の話だ。できれば現役《げんえき》でやり込んでいる人がいい。食事中《ちゅう》でさえぶっ通しで遊び続けているような、そんなゲーム漬《づ》けな日々を送ってる人が……。

「イクト、まだ何か悩んでるのか？」

――って、いた！　いたよ、身近《みぢか》にいた！

「……いや、待て待て、落ち着け」

少し冷静になろう。まずは深呼吸《しんこきゅう》だ。

僕は静かに呼吸《こきゅう》を整え、茉莉《まつり》へと目を向けた。

「あのさ、茉莉《まつり》。たとえばの話なんだけど、この近くに、あるお金持《かねも》ちの家があったとしよう」

「うん、お金持ちな」

「そのお金持ちは、暇を持《も》て余《あま》していたんだ。だから、お金を使ってゲームを作ろうと思ったんだよ。お屋敷全体《ぜんたい》に仕掛けを施すような、大規模《だいきぼ》なゲームだ」

「ふむ、それはなかなか面白《おもしろ》そうだな」

「それでさ、相談というか、あくまでもたとえばの話なんだけど……。たとえば茉莉《まつり》が、そのゲームを作るのに協力してくれって頼まれたら、どうする？」

「即答でオッケーだぞ！」

考えた様子もなく、彼女はあっさり答えた。

「そんなに楽しそうなこと、断る理由がないよ！」

「……そう、だよな。お前《まえ》はそういう奴だ」

その無邪気《むじゃき》な反応に、僕は覚悟を決める。

「じゃあ、改めて聞くよ。今のは、たとえ話《ばなし》じゃないんだ。その上での提案なんだけど……」


「――というわけなんだ」

翌日、彩夢咲《あやめざき》家でレオナと対面したときに、僕は昨夜の出来事を彼女に伝えた。

突然の申し出に、レオナもアイシャさんも、複雑な表情でこちらを見つめている。

まあでも、警戒するのも無理はないか。

「当《あ》たり前《まえ》だけど、彩夢咲《あやめざき》家が暗殺一家だということも、僕が不死者であることも、茉莉《まつり》には伝えてないよ。暇を持て余したお金持ちにアドバイスして欲しい。提案したのはそれだけだ。あいつ、いっつもゲームを遊んでるからさ、その知識と経験は相当《そうとう》なものだろうし、協力してもらえれば、きっと役に立つと思うんだ」

「……リスクがある、ということは理解されているのですね？」

「ああ、もちろん」

暗殺を生業《なりわい》としている彩夢咲《あやめざき》家にとって、他者《たしゃ》を家に招くということは、それ自体《じたい》が危険な行為なんだと思う。僕と違って、茉莉《まつり》は『あっち側《がわ》』の人間だ。もしも真実《しんじつ》を知られたりしたら、彩夢咲《あやめざき》家は社会的に窮地《きゅうち》に立たされる可能性もあるわけで。

「そこは最大限《さいだいげん》に注意《ちゅうい》を払うよ。あいつには絶対にバレないようにする。当然、レオナたちにも全力《ぜんりょく》で協力してもらうつもりだけど」

「……半分正解《はんぶんせいかい》、というところですね」

と、こちらの言葉に、なぜだかアイシャさんは小さく息を吐いた。

「リスクがあるのは我々ではなく――」

「アイシャ」

彼女はその続きを言おうとして、しかしそれを、レオナが制止する。

「協力していただきましょう。生斗《いくと》さんの大事な方なのですから、信頼していいと思います」

そう言ってレオナは、にっこりと微笑《ほほえ》む。

けれど、その表情はかすかに強張っていて、

「あ、あのさ！」

それを見た僕は、反射的に口を開いた。

「レオナが嫌《いや》なら、この話は無しだよ！　茉莉《まつり》にも『断られるかもしれない』って伝えてるし、あいつが傷ついたりすることはない。そこは気にしなくてもいいよ」

はっきり聞こえる声で伝えたつもりだけど、彼女は無言のまま、手錠のかかった両手をモジモジさせている。

「生斗様《いくと》、ぶしつけな質問ですが」

そのとき、アイシャさんが何気ない口調で、僕に尋ねた。

「茉莉《まつり》様とは、お付き合いされているのでしょうか？」

「……は？」

「つまり、男女《だんじょ》の仲なのかと尋ねています。大事なことなので、誤魔化さずに答えてください」

「……は？」

その唐突《とうとつ》すぎる問いかけに、続けて同じ声が漏れる。

「──いや、いやいやいや、それはない。ただの友達《ともだち》だよ」

「……そっか」

困惑しつつも事実をそのまま伝えると、レオナは小さく息を漏らし、顔を上げる。

その顔にはニコニコとした笑みが浮かんでいて、

「なるほど、分かりました」

その表情を眺めていたアイシャさんは、ゆっくりと縁無し眼鏡を押し上げた。

「では生斗《いくと》様、茉莉《まつり》様にはよろしくお伝えください。明日からはさらに忙《いそが》しくなりそうです」

「……オッケーってことかな？」

「それ以外に何がありますか？」

「いや、ないと思うけど」

なんだかよく分からないが、話は順調に進んでるってことだよな？

「えっと、それじゃあ、その前に、本日の『お願い』です」

レオナの言葉を受け、窓の外に目を向ける。どうやら話《はな》し込《こ》んでいるうちに、かなりの時間が経っていたようだ。

間もなく陽が沈み、――殺人衝動の瞬間が訪れる。

アイシャさんはどこからかチェーンソーを取り出し、レオナに手渡した。

覚悟を決めた僕は、大きく息を吐き、気合《きあ》いの声を上げる。

「いつでもいいぞ！」

2

翌日、僕は茉莉《まつり》と共に彩夢咲《あやめざき》家を訪れていた。

「おおっ！　ほんとに大金持《おおがねも》ちだな！」

お屋敷を眺める茉莉《まつり》は目を輝かせ、そんな僕たちを、アイシャさんが門前《もんぜん》で出迎《でむか》えてくれた。

「ようこそいらっしゃいました」

「イクト、この人が『お仕事』の相手か？」

「ん、まあな」

「そっか。じゃあ、失礼な態度《たいど》はよくないな。よろしくお願いします！」

そう言って茉莉《まつり》は素早く頭を下げ、アイシャさんも大きくうなずく。

「さっそくですが、ご協力お願いできますか？」

「うん、いいぞ！」

こうして、デスゲーム作りは新たな局面《きょくめん》を迎えたんだ。

「――まずは報酬の話を片付《かたづ》けておきましょう」

お屋敷の中を歩きながら、アイシャさんは茉莉《まつり》に声をかける。

「報酬ってなんだ？」

「協力していただく代わりに、なんらかのお礼《れい》をしたいと思っています。茉莉《まつり》様は、何か欲しい物などはありますか？」

「そっか、『お仕事』だもんな。ちょっと今は思《おも》い浮《う》かばないけど、何か考えておくよ」

「分かりました。では、決まりましたら、いつでもおっしゃってください」

そんな話をしているうちに、僕たちは大広間へと招かれる。

その部屋の中央では、レオナが静かに佇《たたず》んでいた。

「こ、こんにちは、生斗《いくと》さん。そ、それと、初めまして、茉莉《まつり》さん」

「こんにちは！　今日はよろしくな！」

レオナの両手には、いつものように手錠がかけられていたけど、茉莉《まつり》はそのことを気にした様子もなく、さくさくと歩を進めた。

近づいてくる茉莉《まつり》を前に、レオナは一歩後ずさるが、

「よ、よろしく、お願い、しましゅ！」

軽く嚙みながら、うなずく。

「う、うう、恥ずかしい……」

彼女は頰を赤らめつつ、ゆっくりと顔を上げ、

「——えっ」

そしてその表情に、驚きの色を浮かべた。

「うん？　どうかしたのか？」

茉莉《まつり》は首を傾げ、同じようにレオナを見つめ返す。

「あっ、いえ、あの……、どこかで会ったことがあるような気がして……」

「どこかで？」

「い、いえ、その！」

間近に顔を寄せられると、レオナはさらに後ずさり、激《はげ》しく首を横に振る。

「ご、ごめんなさい、そんなことないですよね！　今のは忘れてください！」

「……時雨《しぐれ》茉莉《まつり》様」

そんな二人の間に、アイシャさんが割って入った。

「手短《てみじか》に話します。実は、ご主人様は少々病弱《しょうびょうじゃく》でいらっしゃいまして、あまり長い時間はお相手をできません。ですので、できれば陽が沈む前に『お仕事』を済ませておきたいのですが」

彼女はほんの一瞬、こちらに視線を向け、その意図を汲《く》み取《と》った僕は、ゆっくりとうなずく。殺人衝動が発症する瞬間を、茉莉《まつり》に見られるわけにはいかない。

「アイシャさんの言ってることは本当だ。なるべく簡潔に話を進めてくれると助かる」

「そっか、分かった。じゃあ単刀直入に聞こうか。イクトたちは、どういうゲームを作りたいんだ？　お屋敷全体を使うってことは、体感型《たいかんがた》アクションゲームか？」

「そうですね。サプライズ多めの、アクション増《ま》し増しです」

アイシャさんは答えつつ、縁無し眼鏡を押し上げる。

「はっきり言いましょう。我々はデスゲームを作ろうとしています。もちろん実際に人を殺すわけではありません。デスゲームを模《も》したアトラクション、とでも言えばいいのでしょうか」

まるで表情を変えずに、彼女は茉莉《まつり》に視線を向けた。

「茉莉《まつり》様は、いわゆる『デスゲーム物』を遊んだことはありますか？」

「ああ、もちろん！」

「では、教えていただけますか？　デスゲームの本質《ほんしつ》を」

「ふむふむ、デスゲームの本質か、難しいな。デスゲームと言っても色々あるしな。でもまあ基本というか、押さえるべきことは決まってるよ」

そう言って茉莉《まつり》は、親指を立てる。

「参加者は、ゲームに勝てば生き残れる。これが大前提《だいぜんてい》だね」

「勝てば生き残れる、ですか」

「うん。条件を満たせば勝ち、満たせなければ負ける。そのルールは絶対に破《やぶ》っちゃいけないんだ。クリアできないゲームは、ゲームとして成《な》り立《た》たないからね」

「なるほど。ただ殺したいだけなら、ゲームにする必要もありませんしね」

「そう。言い換えれば、殺されたら絶対に死なきゃいけない、というのも、大事なことだね」

と、彼女はその親指を、ゆっくりと下《した》に向ける。

「殺したはずなのに実は生きていた、という展開《てんかい》もよくあるけどさ、それは生存《せいぞん》の条件を満たしているからだよ。満たしてないのなら、絶対に死なきゃいけない。『ご都合主義《つごうしゅぎ》なゲーム』だと受け止められる可能性が高くなるからね」

「確かに……。たとえば、メンテナンス不足《ぶそく》でトラップが作動《さどう》しなかった、そのせいで死ななかった、なんてことにでもなれば、参加者は楽しめないでしょうね」

「参加者が何か特別な力を持っているゲームもあるし、その力で整備不良《せいびふりょう》を無理やり引《ひ》き出《だ》す、なんてことはあるけどね。それはそれで、条件を満たしているからいいんだよ。参加者が人間じゃなくってもいい。動物《どうぶつ》だとかロボットだとか、そういうのも全然ありだよ。大事なのは、どんな参加者だろうと殺せなきゃダメってことさ。それが二つ目の大前提」

「……」

茉莉《まつり》の言葉を聞きながら、僕はぼんやりと考える。

不死者という『設定』は、生存の条件を満たしていることになるのか。

あるいは、殺されても死なないんだから、『ご都合主義なゲーム』ってことになるのか。

もしかしたら僕たちは、大きな矛盾《むじゅん》を抱えたゲームを開催しようとしているのかもしれない。

「……なるほど、とても参考になりました」

アイシャさんは茉莉《まつり》に深く頭を下げてから、さらに口を開く。

「では、もっと具体的な話に移《うつ》りましょう。お屋敷を案内しますので、どこにどんなトラップを仕掛ければいいのかを、詳しく教えていただけると助かります」

「おお、いいぞ！　詳しく教える！」

「ありがとうございます。それではご主人様、私が茉莉《まつり》様を案内している間、生斗《いくと》様の相手をお願いしてもよろしいでしょうか？」

「へっ？　あ、ああ、うん。よろしいです」

たどたどしい口調でレオナは答え、その様子を見たアイシャさんは一礼してから背を向け、茉莉《まつり》と共に歩いていく。

広間の扉に向かいながら、しかし彼女はその視線を、チラリと僕に向けた。

それはほんの一瞬のことだったけど、僕は無言で、その背中を見送る。

アイシャさんの意思は明白《めいはく》だ。すなわち、この間《あいだ》にレオナを遠ざけろ、と言ってるんだ。

何かの拍子《ひょうし》に殺人衝動が発症する可能性、そしてその現場を茉莉《まつり》に見られる可能性を、潰《つぶ》しておきたいのだろう。

実際にはその可能性は低いのかもしれないけど、でも、ゼロじゃない以上は配慮すべき問題で、そしてそのプランには僕も同意だ。

「レオナ」

僕は彼女に、アイシャさんが伝えたかっただろうことを話した。

「な、なるほど。だったら、どこかに隠れておいた方が良さそうですね」

何度かうなずきつつ、彼女は視線を落とし、

「あっ」

小さく声を漏らして、ゆっくりとこちらを見上げる。

「あ、あの、じゃあ……、わ、わたしの部屋に、来ますか？」

「えっ」

「わたしの部屋って、施錠《せじょう》がなかなか厳重《げんじゅう》なので、茉莉《まつり》さんもうっかり入ってくることはできないと思うんです」

「そ、そうなんだ」

「アイシャだって、わざわざわたしの部屋には近づこうとしないでしょうし……、二人っきりで過ごせると思います」

レオナの部屋で、二人っきり――。

「わ、分かった！」

襲いかかる緊張を無理やり振《ふ》り払《はら》い、うなずく。

そう、これは言ってみれば、緊急避難《ひなん》だ。それ以上でも、それ以下《いか》でもない。

「じゃ、じゃあ、案内、してくれるかな？」

「は、はい！」

そうしてレオナに導かれるまま、僕は大広間を後にした。


「こ、ここです」

部屋の前まで案内された僕は、思わず息を呑む。

重厚《じゅうこう》な金属《きんぞく》の塊《かたまり》が、目の前にそびえ立《た》っていたからだ。

ちょっとやそっとでは壊れそうにない、見るからに分厚《ぶあつ》い扉。ノブの部分に目を向けると、外から鍵《かぎ》をかけられるようになっていることも分かる。

「やっぱり、変ですよね」

と、こちらに視線を向けて、レオナが眉をひそめた。

「自分でも言っておいてなんですけど、厳重すぎる、と思います。母は『お前を守《まも》るため』と言ってましたし、過保護《かほご》な親だと、当時は思ってました。けど、そうじゃないんですよね」

軽く首を振って、彼女は顔を上げる。

「これは、隔離するための物なんです。『万《まん》が一《いち》』が起きたとき、閉《と》じ込《こ》めておけるように」

そう言ってから、しかしすぐに、我に返った様子でうつむいた。

「ご、ごめんなさい！　なんだか、おかしな感じになってしまいましたね。さ、さあ、どうぞ、入ってください」

「あ、ああ、うん」

ドアノブに手をかけた彼女の後に続き、部屋に入る。

その先の光景を見て、またもや息を呑んだ。

扉の重厚さとは正反対《せいはんたい》な、やわらかい空気が伝わってきたからだ。

室内は全体的にピンクに彩《いろど》られた色調《しきちょう》で占《し》められていて、部屋の片隅《かたすみ》にはふかふかのベッドがあり、その側には小さな机と椅子が置かれていた。

（女の子の部屋だ……）

心の中ではそんなことを思いつつ、落ち着きなく視線をさまよわせる。

「あ、あんまり見られると、は、恥ずかしいです……」

「あっ、ご、ごめん！」

うつむくレオナに言われて、僕は慌てて直立不《ちょくりつふ》動《どう》の姿勢を取った。

「い、いいえ、あの、こちらこそ、ごめんなさい！　え、えっと、なんにもない部屋ですけど、

「どうぞ、くつろいでください」

「う、うん」

お互いに顔を赤くしながら、僕はぎこちない仕草《しぐさ》で部屋の中を歩き、ベッドの端《はし》にゆっくり腰かける。同じようにレオナもベッドへと近づき、僕から少し離れた位置《いち》に腰を下ろした。

気まずい空気のまま、僕たちは室内を見回す。

「……ま、間違いじゃないんです」

沈黙を破ったのは、レオナだった。

「アイシャが言った、『病弱』っていう、あれです。ずっとそう言われて育ってきましたから」

彼女は軽く首を振り、視線を床に落とす。

「生まれつき身体が弱いから、なんの準備もなく外に出たら、命にかかわるって……。だから、外出《がいしゅつ》した機会がほとんどないんです。でも、やっぱりそれも、結局はウソだったんですよね。実際には、わたしを隔離するための言い訳でしかなかったわけで……」

「……」

自虐気味に語られたその言葉を、僕は心の中で噛みしめる。

きっと彼女は戸惑ってるんだと思う。生活が急に変わって、これまでの人生をどう受け止めていいのか、計《はか》りかねてるんだ。

「あ、あのさ」

そんなレオナに向かって、僕は思わず口を開いた。

「外出した機会は、ほとんどないんだよね？」

「えっ、あ、ああ、はい、そうです」

「それって、言い換えれば、『その機会はゼロじゃなかった』ということだよね？」

「……それは、はい、その通りです。母と一緒に外出した記憶は、確かにあります」

「そのときのことを、詳しく知りたいな」

「へっ？　え、えっと、そ、それは、お仕事に役立《やくだ》てるため、ですか？」

「仕事は関係ない。僕はただ、君のことを、もっとよく知りたいんだ」

彼女の問いに、僕は心に浮かんだことをそのまま口にした。

「えっ」

「あっ」

次の瞬間、レオナは顔を赤らめ、同時に僕自身も、自分の発言の意味に気付く。

急激《きゅうげき》に頬が熱くなってくるのを感じるが、構わず僕は言った。

「レオナのこと、もっともっと、教えて欲しい！」

全部、本心から出た言葉なんだ。恥じる必要なんてない！

しばらくの間、レオナはうつむいていたが、

「……うっすらと、ですけど」

やがて、ゆっくりと言葉を紡いだ。

「小さい頃、母と一緒に、旅行《りょこう》をした記憶があります。はっきりとは覚えてませんけど……、そうですね、あれは、とても遠くて、とても寒《さむ》いところでした」

天井《てんじょう》を見上げ、彼女はかつての思《おも》い出《で》を口にする。

「そこでどんなことをしたのかも、ちゃんと覚えてません。というより、理解できなかった、と言った方がいいのかもしれません。母も、現地《げんち》の方も、なんだかよく分からないやり取《と》りをしていたというか、聞き覚えのない言葉を話していたというか……。だから、もしかしたら、そこは外国《がいこく》だったのかも」

頭の中を整理《せいり》しつつ、レオナはこちらへ目を向けた。

「アイシャと出会ったのも、確かそのときだったと思います。詳しいことは、やっぱり覚えてませんけど、アイシャも家に来ることになって、そうして、三人での生活が始まったんです」

「――そうなんだ」

彼女の言葉をしっかり受け止めつつ、僕はすぐに答える。

「実はさ、僕も以前《いぜん》、外国に行ったことがあるんだよ」

「えっ」

「両親が冒険家だってことは、前にも言ったよね？　その仕事に、ほとんど無理やりつき合《あ》わされて、海外《かいがい》まで行ったんだ。子どもの頃にさ」

一気にまくし立《た》ててから、さらに続ける。

「まあ、僕自身の思い出はどうでもいいよ。言いたいのは、海外に行くのは手間がかかるし、なんとなくできるわけじゃないってことさ。つまりレオナのお母《かあ》さんは、明確な意志を持って、君を海外旅行に連《つ》れていったってこと」

「……」

「親子で海外旅行をした記憶がある。その事実そのものが、お母さんに愛《あい》されていたという、証拠《しょうこ》になるんじゃないかな？」

家族のことに口出《くちだ》しするのもどうかと思うけど、レオナの抱えている悩みや苦しみを、少しでも減らしたかった。

「……わたしも」

彼女は少しの間、床に視線を落としていたが、やがて、ゆっくりと顔を上げる。

「わたしも、生斗《いくと》さんのこと、もっと知りたいです」

「えっ？　ぼ、僕のこと？」

「はい。わたしだけ話をするのは、あの、その、そう、不公平《ふこうへい》です。だから、ご家族で海外に行った話、詳しく聞かせてください」

「ん……。レオナが望むのなら、構わないけど」

軽くセキ払いをして、僕は記憶の糸《いと》を手繰《たぐ》り寄《よ》せる。

「確かそこも、寒いところだったと思う。レオナと同じように、現地の人が話していることは、僕もさっぱり分からなくてさ。……でも、そうだ。言葉が通《つう》じる人にも、出会った気がする」

語るうちに頭の中が鮮明《せんめい》になっていき、僕はさらに続けた。

「僕と同じか、少し年下くらいの子がいたんだ。で、その子と一緒に、少しだけ遊んだ記憶があるよ。具体的なことはあんまり覚えてないけど、おままごとみたいなことをしたり、両親の真似《まね》をして、冒険ごっこ？　みたいなことをしたり……。そういう思い出がある」

「……寒いところで、言葉が通じる、同じ年くらいの子ども、ですか」

僕の話を聞いていたレオナは、何度かうなずきつつ、こちらを見上げる。

「そういえばわたしも、ぼんやりとですけど、誰かと遊んだりしたような気がします」

「えっ」

「冒険ごっこ、というのはよく分かりませんし、生斗《いくと》さんの話に引《ひ》っ張《ば》られて、記憶が混乱《こんらん》しているだけかもしれません」

「う、うん」

「でも、だから、もしかしたらですけど……。もしかしたらわたしたちは、遠い国《くに》で出会っていた。そういう可能性もあるんですね」

照れた笑みを浮かべるレオナを、僕はまっすぐに見つめる。

その可能性は、きっと、とてつもなく低いのだろう。

けれど、そうであって欲しいという願いは、一緒なんだとも思ったんだ。

「だとしたら、運命の再会だね」

だから僕の口からは、そんな言葉が漏れていた。

「――そういうもの、かもしれません」

レオナも僕を見つめ返し、お互いの視線が絡《から》み合《あ》う。

「生斗《いくと》さん……」

不意に彼女は僕の名を呼び、その両目をそっと閉じた。

突然のことに、僕の心臓は跳ね上がり、頭の中が真っ白になる。

混乱する僕の前で、レオナは両手をそっとこちらに伸ばした。

「レ、レオナ……」

僕も彼女の名を呼び、その手に触れようとして、

「――」

しかしレオナは無言のまま、伸ばした腕で、僕の首元をつかむ。

その両腕《りょううで》には、即座に力が込められ、

「！」

僕は言葉を発《はっ》する暇もなく、ノドを絞《し》め付《つ》けられた。

『急所』を正確に押さえたレオナの指先は、僕から言葉と意識を奪う。

急激に視界が暗くなり、脳裏には『死』の一文字《いちもじ》が浮《う》かび上《あ》がった。

けれど、次の瞬間には意識が『リセット』され、

「――ぐっ！」

かと思ったら、またすぐに闇へ落ちる。

そんなやり取りを、何度繰り返しただろうか。

生死《せいし》を行《い》き来《き》する中、頭に浮かぶのは一つの言葉だ。

殺人衝動。それ以外には考えられない。

「……レ」

混濁《こんだく》する頭を無理やり働かせつつ、僕は全身を強引《ごういん》に動かす。

そしてそのまま、震える両手を彼女の背中に回《まわ》し、

「レオ、ナ……」

ゆっくりと、抱きしめた。

「――っ！」

次の瞬間、彼女は目を見開き、手に込めていた力を緩める。

「……い、生斗《いくと》、さん？」

朦朧《もうろう》とする意識の中、レオナは僕の名を口にすると、自分の腕に目をやり、

「あ、ああ、あ……」

次第にその顔が青ざめていく。

「だ、大丈夫、大丈夫だから……」

声をかけると、彼女は瞳に大粒の涙を浮かべた。

「ご、ごめんなさい、ごめんなさい……！」

言葉と共に、レオナの全身から力が抜ける。

覆いかぶさってくる彼女を抱きとめ、ゆっくりとベッドの上に寝かせた。

どうやら気を失ったらしく、レオナは目を閉じたまま動かない。

そんな彼女を、僕はただ黙って見守《みまも》った。

3

「ご主人様、いらっしゃいますか？」

ノックと共に声が聞こえてきたので、僕は立ち上がり、ドアの側まで歩み寄る。

「アイシャさんですか？」

「……はい。お一人ですか？」

「いや、レオナもいるよ。今はちょっと、眠《ねむ》ってるみたいだけど」

「……やっちゃいましたか？」

「……やっちゃったって、何をですか？」

「何って、ナニをです」

くだらないやり取りをしていると、背後《はいご》で物音がして、

「――アイシャ？」

振り返ると、起き上がろうとするレオナの姿が見えた。

彼女はぼんやりとしたまま部屋の中を見渡《みわた》し、

「ひゃうっ！」

僕に視線を向けた途端《とたん》、高い声を漏らす。

「い、生斗《いくと》さん、どうして、ここに……」

レオナはあたふたとした様子で立ち上がり、

「あ、そ、そういえば、そうですね、確か、二人で一緒に……」

次第に頭の中が整理されてきたのか、その表情に平静《へいせい》さが戻ってきた。

「……アイシャ、入ってきていいですよ」

レオナの言葉とほぼ同時に、ドアの鍵が開けられ、アイシャさんが姿を現す。

僕たちを無言で見回すと、彼女は縁無し眼鏡を軽く押し上げ、空いた手で親指を立てた。

「おめでとうございます」

「い、いやいや、何もおめでたくないから！」

慌てて首を横に振ると、アイシャさんは大きく目を見開く。

「まさか、本当に何もなかったのですか？」

「な、何もなかったわけじゃないけど、そうじゃなくて！　そ、そうだ、茉莉《まつり》は？　あいつは今、どうしているんだ？」

「……ちっ」

と、彼女は僕に軽く舌打ちしてから、小さくうなずいた。

「お帰りになりました。『腹減ったから、いつものカツ丼屋で食ってる』とのことです」

「それは、僕への伝言ってことでいいんですか？」

「はい。『食い終わったらさっさと帰る』ともおっしゃっていました」

そっか。待ってるってわけじゃないのなら、それほど気にしなくてもいいか。

「もちろん、デスゲームを作る上での、設計《せっけい》や材料《ざいりょう》に関する詳細は、ちゃんと教えていただきましたので、その点はご心配なく」

「……あいつの仕事は、終わったってことですか？」

「はい。茉莉《まつり》様が我々に関わることは、もうないでしょう」

その言葉を聞いて、僕は胸をなで下ろす。

「分かりました。じゃあ、さっそくですけど、次の段階に移りましょう」

アイシャさんの言葉通りなら、デスゲームを作る準備は整ったことになる。あとはそれを実行するだけ。そう考えていいんだよな？

「……ですが、実は、一つだけ問題が浮上《ふじょう》しました」

と、まるで僕の心を読《よ》んだかのように、アイシャさんはレオナに視線を移す。

「茉莉《まつり》様の指示通りにゲームを作る場合《ばあい》、いくつかの希少《きしょう》な材料が必要となるのです。しかし現在、彩夢咲《あやめざき》家にはその材料が揃《そろ》っていません。ですので、その買《か》い出《だ》しに行こうと思っているのですが、おそらく半日《はんにち》はかかるでしょう。その間《あいだ》、家を空けることになりそうなのですが、構わないでしょうか？」

「……それは、明日の話ですか？」

「はい」

アイシャさんの言葉に、レオナはわずかに顔をうつむかせる。

「ご懸念《けねん》は理解できます。ですので、これはあくまでも個人《こじん》的な提案なのですけど、その日は生斗《いくと》様に、ご主人様のお相手をしていただきたいのです」

「——はっ？」

唐突な申し出に、僕は高い声を漏らした。

「え、えっと、僕が、レオナの相手をする？」

「はい。確か明日は、生斗《いくと》様の通われている高校の創立記念日《そうりつきねんび》でしたよね？」

「ん、ああ、まあ、そうですけど。そんなことまで調べてたんですか」

「つまり、お暇《ひま》ということですよね？」

「え、あ、はい」

「では、私が留守《るす》にしている間、ご主人様のお暇潰《ひまつぶ》しに付き合っていただけると助かります」

「い、いや、ちょ、ちょっと待ってください！」

アイシャさんが留守の間、僕とレオナは二人っきりで過ごすことになるんだよな？

「何か問題でも？」

こちらの心を覗き込むかのように、アイシャさんは首を傾げる。

「当然、追加の報酬は用意します。いかがでしょうか？」

──追加の報酬をもらえる上に、レオナと半日を過ごせる。

その提案は、ものすごく魅力的だ。

けれど、僕は首を横に振り、大きく息を吐いた。

「レオナは、それでいい？」

振り返ると、レオナはベッドに腰かけたまま、何かを考えるように頭をひねっていた。

そう。大切なのは、僕自身の気持ちじゃない。

こちらの言葉が届いたのかどうか、彼女は顔を上げると、

「──きます」

しっかりと立ち上がって、言った。

「わたしが、買《か》い物《もの》に行きます！」

「……ご主人様が？」

レオナの言葉に、真っ先に反応したのはアイシャさんだった。

「お心遣《こころづか》いは非常にありがたいです。ですが、揃えるべき物もまた非常に多く、その、お荷《に》物《もつ》を持《も》ち運《はこ》ぶのに困難《こんなん》が生《しょう》じる可能性が高いので……」

「言葉を選ばなくても分かってます。荷物の問題じゃない、ということも。わたしが外出すること自体が問題なのでしょう？」

レオナの問いに、アイシャさんは無言で応じる。

「それは分かってます。でも、前に進みたいんです」

そう言って彼女は、こちらに顔を向けた。

「わたしはずっと家の中で過ごしてきましたし、学校にも通ったことがないです。『普通の人生』を送ってないという自覚はあるつもりです。……けど、勉強は母とアイシャが、ずっと教えてくれたんですよね。おかげで、人並《ひとな》みの知識と知恵《ちえ》はあると自負しています」

軽く首を振り、レオナはさらに口を開く。

「生斗《いくと》さんに言われてから考えてみたんですけど、わたしを本当に隔離したいだけなら、勉強を教えようとはしなかったはずですし、『病弱だから』なんて言い訳もしなかったでしょう。でも、そうじゃないということは、本当は、わたしの知らない何かがあるということですよね。

知らないことを、知りたい。それが、今の素直な気持ちです」

「ご主人様……」

「それに、これはわたし自身《じしん》の問題です。だから、自分で解決したいんです。手伝ってもらうこと自体は助かりますけど、アイシャに任せっきりにするのは良くないと思うんです」

彼女の目には、固い決意《けつい》の色が浮かんでいた。

その表情を見て、アイシャさんは頭を下げる。

「分かりました。全てはご主人様の仰《おお》せのままに」

「……ありがとう」

レオナは微笑み、その顔をこちらへ向ける。

「い、生斗《いくと》さん。あ、あの、その……」

ためらいつつも、彼女は覚悟を決めた表情で、言った。

「つ、付き合ってください！」

その突然の『お願い』に、僕の心臓は跳ね上がり、

「は、はい！」

考える間もなく、即答する。

「あっ、え、あの、で、では、よろしく、お願いします」

そんな僕を見て、レオナは照れた表情を浮かべるのだった。

――――――――――――――――――――

雑記六《ろく》―八《はち》

不意に、あの日のことを思い出した。

あの人と出会った、あの日のことを。


出会ったのは、仕事中――、つまり、暗殺を実行していたときだ。

ターゲットを殺した、まさにその瞬間を、たまたま通りかかったあの人に目撃《もくげき》されたのだ。

人通《ひとどお》りの少ない、裏道《うらみち》での出来事。

油断がなかったとは言《い》い切《き》れないが、気配《けはい》を感じなかったことも確かだ。

ともあれ、現場を見られた以上は殺すしかない。

私はすぐさま、あの人のノド元に刃《やいば》を突き付け、

「つ、付き合ってください！」

その瞬間に言われたのが、そんな言葉だった。

予想《よそう》もできなかったその一言に、私の頭の中は真っ白になり、

「……はい」

動きを止め、そう答えていた。

我ながら、どうかしてる。今でもそう思う。

でも、感情は理屈じゃないのだろう。

後悔《こうかい》はない。

娘が生まれたのは、それから一年後のことだ。

――

――

――

――

――

――

――

第四章

1

「ま、待ちました？」

「えっ、あ、い、いや！　今、来たところ、だよ？」

顔を合わせた瞬間、僕とレオナはぎこちなく挨拶を交わした。

時刻《じこく》はお昼《ひる》前。場所は近所の駅《えき》前広場《ひろば》。

「え、えっと、その、平気だった？　ここに来るまでの間とか」

多くの人が行《い》き交《か》う中で、僕はなるべく平静さを装《よそお》う。

「は、はい。アイシャも、ちゃんと見ていてくれましたから」

そう言って彼女は、後ろに控《ひか》える人物へ目を向けた。

アイシャさんは無言でうなずき、僕も静かにうなずき返す。そしてそのまま、レオナに視線を戻した。

彼女は今、全身を覆うようなローブを身にまとっていて、その長袖《ながそで》の隙間からは、キラリと光《ひか》る何かが見える。

「ご心配なく。ご主人様の『拘束具《ぐ》』は完璧に仕上がってます。ついうっかり、何かが起きるということはありません」

——拘束具。

その言葉が示す通り、レオナの両手両足には、今この時点でもなお、金属製《せい》の鎖が装着《そうちゃく》されている。

『こんなこともあろうか』と思って、アイシャさんが以前から用意していた代物《しろもの》である。

ゆっくりした動作《どうさ》をする分には何も問題がないけれど、急に動くとシートベルトみたいに、『ブレーキ』がかかり、無理やり動作を止められる、という仕様《しよう》らしい。

拘束具は衣服の中に隠れているから、ぱっと見て怪しいところはない。しかし、当《とう》の本人《ほんにん》はキョロキョロと視線を動かし、落ち着かない様子だ。

ただ、それも仕方のないことなのかもしれない。レオナがこうして外出する機会なんて、これまでほとんどなかったのだから。

「では、後のことはよろしくお願いします」

そんな彼女を見つめつつ、アイシャさんは縁無し眼鏡を軽く押し上げ、僕に一礼した。

「ええ。予定通りに、ということですね。レオナも、それでいいかな？」

「ひゃえっ！」

尋ねると、彼女は高い声を漏らし、何度も首を縦に振る。

「は、はい！　予定通りに！」

「それでは、また」

僕たちを交互《こうご》に見てから、アイシャさんは背を向け、そのまま振り返ることなく人込《ひとご》みの中に消えていった。

「え、えっと……」

アイシャさんの後ろ姿を見送りつつ、レオナは懐から小さなメモ帳《ちょう》を取り出す。そこには、これから買《か》い揃《そろ》えるべき物が書かれていた。

「で、では生斗《いくと》さん、改めてお願いします」

と、彼女はこちらに目を向け、

「つ、付き合ってください！」

「ああ、付き合うよ」

その言葉に、僕は笑顔で答えた。

レオナの言う『付き合ってください』とは、当然ながら『買い物に付き合ってください』だ。決して男女の深い仲だとか、そういう、あれではない。そんなものは会話の前後《ぜんご》から簡単《かんたん》に判断できるんだから、勘違いする奴なんていない。考える間もなく即答して、すぐその意味に気付いて悶絶《もんぜつ》する奴なんていない。いるはずがない。

「……よし！　じゃあ、行こうか！」

頭を振り、昨日の記憶を無理やり消《け》し去《さ》る。

「は、はい。そ、それでは、道案内《みちあんない》をお願いします」

そう言ってレオナは、メモ帳に書かれていたお店の名前を口にした。

僕はうなずき、二人は並んで歩き出す。

――ここまでは予定通り。昨日、みんなで話し合った通りの進行だ。

アイシャさんと別《べつ》行動を取るのは、『効率《こうりつ》がいい』という結論になったからだ。必要な物を手分《てわ》けして買い揃えれば、用事《ようじ》は早く済むし、陽が落ちるまでに帰宅できる可能性も高まる。

すなわち、殺人衝動が起きる前までに。

アイシャさんはそう提案し、レオナも了承《りょうしょう》したため、今に至る、というわけだ。

そう。ここまでは予定通り。予定通りではあるんだけど――。

並んで歩きながら、僕は昨日の夜のことを思い出していた。


「生斗《いくと》様」

翌日の予定を決め、『日課』も終えた後、アイシャさんに付《つ》き添《そ》われたまま門の外まで出たところで、彼女に声をかけられる。

「あなたには伝えておきます。ご主人様への提案に、ウソはありません。ですが、伏せていることはあります」

「伏せていること?」

「効率の良さだけじゃない、ということです。実は、私が担当する『お買い物』は、少しだけリスクのある代物でして」

そこまで言われて、彼女が何を言いたいのかを察する。

「やばい取引《とりひき》、ですか」

「交渉が難しい、とでも言っておきましょうか。慎重《しんちょう》で、なおかつ大胆《だいたん》な判断が求められることは間違いありません。そういった刺激の強い現場を、ご主人様には見られたくないのです。外の世界を知らないご主人様に」

危険にさらしたくない、ということか。その意見には賛成《さんせい》だ。

「ご主人様の『お買い物』は安全《あんぜん》で簡単な物ばかりですので、生斗《いくと》様は全力でそのフォローに努《つと》めてください。一方、私にはいくらかの危険が伴っていますので、もしかしたら、予定した時間には再会できない可能性があります。そのときは、あなたがご主人様を彩夢咲《あやめざき》家まで連《つ》れ帰《かえ》ってください。無理やりにでも構いません。お願いできますか?」

「断る理由なんてないよ」

「……ありがとうございます」

即答すると、アイシャさんは小さく息を吐き、口元を緩めた。

「では、明日はその手筈《てはず》でお願いします」

「あ、あの！」

背を向けようとする彼女へ、僕は声をかける。

「えっと……、さっき、レオナの部屋で、衝動が起きたんだ」

その言葉に、アイシャさんは眉をひそめた。

「いつもの『あれ』とは違《ちが》って、前触《まえぶ》れもなくいきなりでした。『そういうこともあるのかな』とは思《おも》ったんですけど、一応《いちおう》、報告《ほうこく》だけはしておきます」

彼女はわずかに顔をうつむかせたが、すぐにこちらへ向き直る。

「……突発《とっぱつ》的な事態に鼓動が高まり、体調《たいちょう》が変化したせいで、衝動が暴走したということは考えられますね」

「な、なるほど。そういうこともあるんですか」

「だとしたら、生斗《いくと》様が原因です。どうにかしてください」

「はっ？」

不意打ち気味な物言《ものい》いに、僕は戸惑った。

「ど、どうにかって？」

「押《お》し倒《たお》すくらいのことはしやがれ、と言ってるのです」

「えっ、あっ、はい？」

「いつまでヘタレているつもりですか。高校生男子《だんし》なんて、欲望の塊ではないのですか？」

な、なんか、めちゃくちゃ言われてるぞ……。

「あ、あの、アイシャさんは、レオナと僕をどうしたいんですか？」

勢いに気圧されつつも、僕は無理やり言葉を紡いだ。

「もしかして、その、くっつけたいんですか？　まさか、そんなわけ――」

「まさにその通りです」

冗談《じょうだん》めかした問いに対して、アイシャさんは真顔《まがお》で答える。

その様子はきわめて真摯《しんし》で、僕は思わず口をつぐんだ。

「……他者との触れ合いを絶《た》たれていたご主人様に、幸せをつかんでもらいたい。私の願いは、それだけです。もちろん、男女の交《まじ》わりだけが幸せではないでしょう。けれども、シンプルで分かりやすい答えであることは確かです」

率直なその発言を、僕はまっすぐに見つめ返して、受け止める。

「無理強いはしません。余計なお世話はしますが、結局のところは、ご主人様たちのお心次第です。……ですが、もしも生斗《いくと》様が、ご主人様のことを憎《にく》からず思っておられるのなら、少しは前向きに考えてみてください」

ゆっくりと言葉を述べてから、アイシャさんは頭を下げた。

「ともあれ、明日はよろしくお願いします。おやすみなさいませ」

「……おやすみ」

僕は短くそれだけを言って、彼女に背を向ける。

背後からは門の閉《し》まる音が聞こえたけど、そのまま振り返らずに、彩夢《あやめ》咲《ざき》家を後にした。

2

というわけで、僕たちは今、とあるアクセサリーショップの前までたどり着いていた。

街中《まちなか》の合間《あいま》にひっそり佇む、小さなお店。その外観《がいかん》は少しばかり独特《どくとく》で、具体的にはドクロやトゲトゲがたくさん飾《かざ》られている、いかにも怪しげな雰囲気が漂《ただよ》っていたりする。

とはいえ、それはあくまでも雰囲気だ。『そういう売《う》り』のお店というだけであって、実際に『やばい商品《しょうひん》』を売っていたりするわけじゃない。本当に『訳《わけ》あり』なお店は、『訳あり』だと気付かせないような、工夫と気遣いをしているものなんだし。

「え、えっと……」

しかし、レオナはただひたすら、緊張した面持《おもも》ちでそのお店を見つめていた。

でも、それも当然か。ずっと家の中にいた彼女にとっては、外の世界での出来事は、初めて尽くしなんだから。

「こ、ここ、ですよね？」

レオナはキョロキョロと周囲を見渡しつつ、手元のメモにも視線を落とす。

「うん、お店の名前も合ってるよ」

「そう、ですよね。で、では、入りましょう。き、気を付けてくださいね。希少な材料を扱《あつか》っているお店、ということですから」

「ああ、分かってる」

かすかな笑みを浮かべると、安心したのか、レオナは首を縦に振り、

「あっ、あの、その、お、お願いします」

言葉を濁しつつ、僕の背後に回った。

「ん……」

その反応に、僕は胸を痛める。レオナが警戒したり、萎縮《いしゅく》したりするのは分かるんだけど、実際にはそんな必要なんてないんだ。買うべき物や、向かうべき場所が、全てアイシャさんの指定《してい》通りである以上、ここは確実に『安全なお店』なのだから。

レオナの知らないところで、動いている出来事がある。そのことを彼女に伝えられないのは心苦しい。

「……よし！」

それでも僕は、頭を振って余計な思考を吹き飛ばした。

今、こうして、レオナと一緒に過ごせていること自体は確かなんだ。だったら、その事実を前向きに受け止めるべきなんだろう。

とにかく楽しむ。その決意と共に、扉に手をかけ、

「じゃあ、入ろうか！」

お店の中に足を踏み入れた。

「げっ」

——次の瞬間、ノドの奥から変な声が漏れる。

見知《みし》った顔が、目の前にあったからだ。

「やあ、生斗《いくと》！　奇遇《きぐう》だね！」

店内の商品を熱心に眺めていた彼女——月島流夏《つきしまるか》は、僕を見た途端、口元に朗らかな笑みを浮かべた。

「どうしたんだい、こんな所《ところ》に」

流夏《るか》はよどみない歩調《ほちょう》でこちらに近づいてくると、僕の背後にいたレオナを見て、その足を止める。

「ふむ、君は？」

「ひゅあえっ？　えっと、そ、その……」

視線をさまよわせつつ、顔を真っ赤にするレオナの前に、

「あ、あの！」

　僕は無理やり割って入った。

「こ、この子は、僕のビジネスパートナーなんだ。そうだよね、レオナ？」

「えっ……？　あっ、は、はい！　そうです！　その通りです！」

　下手なウソをついても、流夏《るか》には怪しまれるだけかもしれない。だったら素直に答えるべきだろう。ただし、肝心《かんじん》な部分は伏せたままで、だ。

「ふむ、ビジネスパートナー、ね」

「あ、彩夢咲《あやめざき》レオナと申します。生斗《いくと》さんには、いつもお世話になってます。も、もしかして、あなたが月島流夏《つきしまるか》さん、ですか？」

「ほう、私のことを知ってるのかい？」

「は、はい。アイシャから聞いてます」

「アイシャというのは、もしかして『あのメイドさん』のことかな？　じゃあ、君は『お仕事の依頼主《ぬし》』といったところか」

「え、えっと、そう思っていただいて構いません」

「ここに来たのも、『お仕事の一環』なのかな？」

「そ、そうです。ちょっと、買わなければいけない物がありまして」

「ふむふむ、何を買うんだい？　私で良ければ、少しはアドバイスできると思うんだが」

「あ、はい、あの、これです」

言われるがまま、レオナは手に持っていたメモを流夏《るか》に見せる。

「ソロモンのタリスマンに、グノーシスの護符《ごふ》、バフォメットのチャリスか。で、他には……。ふむ、なるほどね。参考までに聞かせて欲しいんだけど、これは何に使うんだい？」

「えっと、これは――」

「か、飾《かざ》り付《つ》けだよ！」

つられて返事をしそうになったレオナを遮り、僕はまたもや割《わ》り込《こ》んだ。

「レオナの家って、結構、大きいお屋敷なんだけどさ、そこに神秘的な雰囲気をプラスしようと思ってさ。そうだよね、レオナ？」

「――あっ、はい！　そ、そうでした！　そうなんです！」

「……そっか。それじゃあ飾り付けに向いてそうな物を、一緒に探してみよう。案内するよ」

こちらの言葉をすんなり受け止めたのか、流夏《るか》は口元に笑みを浮かべ、商品棚《たな》に顔を向けた。

どうやら危険な事態は避けられたようだ。

僕とレオナは視線を交わし、ほんの少しだけうなずき合い、流夏《るか》の後に続いた。

「ありがとうございました！　またお越《こ》しください！」

笑顔で頭を下げる店員さんに、僕たちも会釈《えしゃく》してから、店を出る。

「流夏《るか》さん、助かりました」

「お役に立てたのなら幸いだよ」

流夏《るか》のアドバイスを受け、僕たちは無事に指定された物を買い揃えることができた。レオナにとっては未知の世界で、聞いてもよく分からないような単語が次々《つぎつぎ》に飛《と》び出《だ》したりもしたんだけど、分からないなりにその説明を熱心に聞いていたようだ。その反応が嬉しかったのか、流夏《るか》もずっと軽快な口調で、会話はかなり弾《はず》んでいた。

どうやら二人は気が合うらしく、そのことがなんだか、僕も嬉しい。

ともあれ、ミッションは成功だ。一安心《ひとあんしん》した僕は、軽く伸びをして、

「あっ」

そのとき、レオナのお腹が鳴《な》り、同時に彼女の口から声が漏れた。

「え、えっと、その、今朝は緊張して、あまり食べられなくて、だから、その……」

顔を赤くするレオナを見て、僕はとっさに自分のお腹に手を当てる。

「ご、ごめん、今のは僕だよ！　お腹空いちゃってさ！」

「えっ」

レオナは一瞬だけ驚いた表情を見せたが、

「……ありがとうございます」

小さな声でつぶやき、ますます顔を赤くさせた。

「ベッタベタだけど、まあ、いいんじゃないか」

僕たちのやり取りを見ていた流夏《るか》が、口元にニヤニヤした笑みを浮かべる。

「な、何がだよ」

「まあまあ、そういうのはいいから。それより、お腹が空いてるのなら、どこかで食べていかないか？　生斗《いくと》たちの都合が良ければ、だけど」

「……ん、そうだな」

昼食を摂《と》ること自体は問題ない。アイシャさんと合流《ごうりゅう》するのは、もう少《すこ》し経ってからの予定だし、それに『外食《がいしょく》する』というのも、今日のスケジュールの中に入ってはいた。

ただ、これ以上流夏《るか》と一緒にいると、ボロが出そうで怖いんだよな……。

ためらいつつ、レオナに視線を送ると、

「は、はい！　是非《ぜひ》、ご一緒させてください！」

意外にも彼女は、力強《ちからづよ》くうなずく。

「オッケー。じゃあ、どこに行こうか。何か食べたい物はあるかい？」

「え、えっと、はい、その……」

レオナは言葉を濁らせつつも、顔を上げ、真剣な眼差《まなざ》しで、言った。

「わ、わたし、『ファミレス』という所に行ってみたいんです！」

「……ふむ。レオナ君はファミレスに行ったことがないんだね。じゃあ、決まりだ。生斗《いくと》も、それで構わないだろ？」

「ああ、もちろん」

予定通りなんだから、悩む必要なんてない。

もしかしたら流夏《るか》は、『箱入《はこい》り娘《むすめ》が庶民《しょみん》の味《あじ》を体験したい』とでも思っているのかもしれない。

でも、そうじゃないんだ。暗殺者としての宿命《しゅくめい》を背負《せお》わされたレオナは、そもそも外食する機会すら、これまでになかったかもしれないわけで、そんな彼女にとってファミレスに行くという『普通の出来事』は、とても貴重《きちょう》な瞬間なんだよな。

「ファミレスに行こう！」

強い意志を込めて叫ぶと、二人は笑顔でうなずいてくれた。

3

そんなわけで、僕たちは近所のファミレスにたどり着いていた。

有名《ゆうめい》チェーン店《てん》の、どこにでもあるような一店舗《てんぽ》なんだけど、

「ふわあ……」

レオナは目を輝かせ、その外装《がいそう》を眺めていた。

そんな彼女と共に、僕と流夏《るか》は入店《にゅうてん》し、店員に案内されるまま歩き進む。

レオナが満足してくれるのなら、それでいい。胸の内に宿るのは、その想いだけだった。

「よう、イクト！　偶然だな！」

……しかしその思惑《おもわく》は、思わぬ形で吹き飛ばされる。

僕の食い友——時雨茉莉《しぐれまつり》がいたからだ。

「おお、レオナもいるのか！　こっちだ、こっち！」

彼女は四人用の席に一人でふんぞり返《かえ》り、僕たちを手招《てまね》きしている。

同席《どうせき》しろ、ということか。

「ふむ。この子は生斗《いくと》たちの知り合いかい？」

「ん、そうなんだけど……、どうしようか？」

「私は構わないよ」

「え、あ、はい、わ、わたしも」

二人がうなずいてくれたので、僕は店員さんに言って、茉莉《まつり》と同席させてもらうことにした。

流夏《るか》が茉莉《まつり》の隣に、その向《む》かい側《がわ》に僕とレオナが並んで座る。

「さあ、頼め、頼め！」

手渡されたメニュー表を横目《よこめ》に、僕は茉莉《まつり》を見つめた。

「昼間《ひるま》に会うのは珍《めずら》しいな。今日、学校はどうしたんだ？」

プライベートなところにはあまり触れたくなかったけど、さすがに聞かずにはいられない。

「えっとな、『ソーリツキネンビ』ってやつで、お休《やす》みなんだ！」

「創立記念日？　茉莉《まつり》のところもか？」

「イクトも、なのか？　偶然って重なるものなんだな！」

にこやかに笑う茉莉《まつり》の手元には、山盛《やまも》りのポテトフライが三皿ほど並べられていた。

相変わらずだな、と胸の内でつぶやきつつ、レオナの前にメニュー表を広げる。

「ここに載《の》ってる中から、食べたい物を選ぶんだよ。決まったら、教えてくれる？」

「は、はい！」

言われるがまま、レオナはメニュー表をまじまじと見つめ、必死に視線をさまよわせる。

そんな彼女を、流夏《るか》は静かに見つめていたが、

「懐かしいな」

不意に口を開き、こちらへ顔を向けた。

「このお店、何度か来たことがあるよね？」

「ん、そうだな」

僕と流夏《るか》の家はずっと前から付き合いがあるし、家族ぐるみで外食をする機会もあった。

その一環として、このファミレスに来たこともあるんだ。

「最近は生斗《いくと》のご両親も忙しいみたいだし、少しばかり疎遠《そえん》になったと思っていたけど、でも、

生斗《いくと》とはこうしてまたお昼を食べることができたんだ。そのことが、なんだか嬉しくてね」

「そっか。でもまあ、確かに、懐かしいよな」

両親だけじゃない。僕自身も、あの頃とは大きく変わってしまった。

だからこそ、それ以前の思い出は大切にしたい。

流夏《るか》を見ると、彼女はその長い前髪の奥から、こちらを見つめ返しているような気がした。

二人の間で、一瞬だけ視線が絡み合う。

「そういえばイクト、昨日はどうしたんだ？」

「えっ」

そのとき茉莉《まつり》に声をかけられ、僕は慌てて思考を整理させる。

「えっと……、ああ、すまん、昨日の夜のことか。一応お店には寄ったんだけどな。すれ違《ちが》いになったみたいだな」

「そっか。謝ることでもないぞ、気にするな」

笑顔で言われて、僕は少しばかり申し訳ない気持ちになった。

会う約束《やくそく》をしたわけじゃない。でも、茉莉《まつり》は僕のことを少しは待っていてくれたんだろうな。

謝ることでもない、と言われたので、僕は軽く首を振り、

「ありがとう」

それだけを口にした。

その言葉が予想外《がい》だったのか、茉莉《まつり》はわずかに目を丸くしたが、

「お、お礼を言われることでもないぞ！」

大きな声と共に、手元のポテトフライを口に運《はこ》ぶ。

「わ、わたし、決めました！」

まさにその瞬間、メニュー表とにらめっこしていたレオナが叫んだ。

「こ、この、ミックスフライランチを、食べてみたいです！」

ミックスフライランチ。ヒレカツとエビフライ、そしてクリームコロッケがセットになった、ランチメニューとしては定番《ていばん》の一品だ。

「あ、あの、色んな種類《しゅるい》の食べ物が並べられていて、なんだか賑やかだなと思いまして」

照れた笑いを浮かべるレオナを見て、僕の心には穏やかな気持ちが広がっていく。初めてのファミレスで、定番のメニューを頼む。そんな『当たり前』を体験できたことに、こっちまで小さな達成《たっせい》感を覚えていたから。

「じゃあ、僕はハンバーグステーキセットを頼もうかな」

さっきは『お腹が空いた』と言ったものの、今日はまだ死んでないし、実際にはそれほどでもない。一人前《いちにんまえ》で大丈夫だろう。

「では、私は生《なま》ハムのシーザーサラダにしよう」

注文を終えてからしばらくすると、それぞれに頼んだ物が運ばれてくる。

「か、かわいい……」

ミックスフライランチを目の当たりにしたレオナは、頬を紅潮させて興奮した様子だ。

彼女はゆっくりとした動作でナイフとフォークを動かし、エビフライを口の中に入れ、

「た、楽しい……」

目をつむったまま、満面《まんめん》に笑みを浮かべた。

そしてそのままレオナは、マイペースで食事を進めていく。

そんな彼女を、僕たちは穏やかな目で見守りつつ、自分たちの頼んだ物も平らげ、やがて、全員《ぜんいん》が食べ終わった。会話らしい会話もなかったけど、みんな楽しそうに食事をしていた、と思う。少なくとも僕は、そう感じたんだ。

「ごちそうさまでした」

一礼してから、僕はみんなを見回した。

「他に頼みたい物、ある？　レオナは？」

「い、いえ、もう、大丈夫です」

尋ねると、彼女は少し照れた表情でそう答える。おそらく、思っていた以上にボリュームがあったせいで、お腹がいっぱいになったのだろう。

普段はもっと小食《しょうしょく》なんだろうなとか、こういう経験も大切な思い出になるんだろうなとか、一人で納得して、無性に微笑ましい気持ちになる。

「私もお腹いっぱいだ」

「あたしもだ！」

「そっか。それじゃあ、そろそろ出ようか」

和《なご》やかな空気の中、僕はゆっくりと立ち上がる。

「そうだ！」

そのとき、不意に茉莉《まつり》がレオナの方を向いて、言った。

「報酬の話なんだけど、決まったぞ！」

——報酬。その単語に、僕とレオナの表情が強張る。

「ゲームが完成したら、遊ばせてくれ！」

「……ゲームってなんだい？」

茉莉《まつり》の言葉に、真っ先に反応したのは流夏《るか》だ。

「えっとな、でっかいゲームを作ってるんだ。あたしはそれに協力する代わりに、何か報酬をもらえるってことになってるんだよ」

「ふむふむ、なかなか興味深い話だね。もしかしてだけど、さっき買った品物《しなもの》も、そのゲーム作りに役立てるためなのかい？」

「えっと……」

さりげない口調だが、表情は笑ってない。下手に誤魔化しても、きっと見抜かれるだろう。

レオナに目を向けると、彼女は足元に視線を落《お》としたまま、全身を硬直させていた。

この様子だと、口裏《くちうら》を合わせるのも難しいか。

「……そうだよ。ゲーム用の飾りつけなんだ」

観念《かんねん》した僕は、小さく息を吐いてから告げる。

「ゲームのことを説明したら、話がややこしくなると思ってさ、黙ってたんだ。そこは信じてくれるか？」

「ふむ、そうだな。信じよう。信じる代わりに、提案だ」

あっさりと言ってから、流夏《るか》は口元に笑みを浮かべた。

「私も協力させてくれないか？」

「……はっ？」

「飾りつけに協力させてくれと言ってるんだ。ただの雰囲気作りだったなら、これ以上、口をはさむつもりはなかったんだけど、明確な目的があって、あれを使うのなら、話は別だ。アドバイスしたこちらにも責任があるし、最後まで関わっていたいんだ」

そう言って流夏《るか》はポケットの中から、いくつかのアクセサリを取り出す。

「この手のアイテムの扱いには慣れてるって、生斗《いくと》は知ってるだろう？　役に立てると思うよ」

ジャラジャラした音と共に、テーブルの上にはアクセサリが置かれ、

「ん、なんだかキラキラした物がいっぱいだな」

それを見た茉莉《まつり》が、かすかに顔をしかめた。

まぶしかったのか、彼女は何度か目をこすったが、すぐに明るい表情を浮かべる。

「でも、きれいだな！　こういうのがあると、ゲームも盛《も》り上《あ》がりそうだぞ！」

「……こんなのはコレクションの一部さ」

茉莉《まつり》の反応に、流夏《るか》は笑顔で応え、こちらへ振《ふ》り向《む》いた。

「私の部屋には、もっと本格《ほんかく》的なアイテムがたくさんある。もしも協力させてもらえるのなら、そのうちのいくつかを譲《ゆず》ってもいいよ。そうすれば、ゲームとやらはもっと楽しくなるんじゃないかい？」

だから協力させろ、ということか。

流夏《るか》は僕に、決断《けつだん》を迫っている。けれど、それは僕の役目じゃないんだ。

「レオナ、どうする？」

名を呼び、視線を向ける。

「えっ」

その瞬間、僕は目を見開いた。レオナが、荒《あら》い息を吐いていたからだ。

彼女は顔をうつむかせたまま、身体を小刻みに震わせている。

ただ緊張してるだけには見えない。もしかして、突然の事態でパニックに陥《おちい》ってる？

「レオナ？」

「……」

もう一度呼びかけると、レオナはゆっくりと手を動かし、側にあったフォークを持つ。

そして、

「――！」

流夏《るか》に向かって、まっすぐに突き出した。

その腕は、目で追い切れるかどうかの素早さで繰《く》り出《だ》され、

「っ！」

しかしレオナの腕は、流夏《るか》の眼前でその動きを止める。

拘束具が、彼女を無理やり止めたんだ。

その瞬間、僕の頭の中が熱く燃《も》え上《あ》がる。

「あ、あの！」

反射的にレオナの前に腕を差し出し、彼女を流夏《るか》から離れさせた。

「レオナは、ちょっと病弱なんだ！　だから、その、疲れてて……！」

「う、あ、う……」

思考が乱《みだ》れに乱れている。何をどう判断すべきか分からず、目の前が真っ白になりそうで、
しかし、すぐ側からレオナの苦しそうな声が聞こえてきたとき、我に返った。

「流夏《るか》！」

幼馴染の名を呼び、ポケットから財布《さいふ》を取り出し、

「ごめん、後は頼む！」

大きな声と共に、その財布をテーブルに置き、レオナを抱きかかえる。

「じゃあ、また！」

そのまま僕は、彼女を抱いてお店を飛《と》び出《で》た。

考えがまとまらないまま、ひたすら走り続ける。周囲の人は僕たちに好奇の視線を送ってくるが、そんなものを気にしている余裕なんてない。

――いや、違う。そもそも、視線にさらされてちゃダメなんだ！

顔を上げ、進む先に細《ほそ》い脇道《わきみち》があるのを見つけると、僕は迷わずそこに滑《すべ》り込《こ》む。

そうして人気《ひとけ》のない路地《ろじ》裏の片隅に駆《か》け込《こ》むと、彼女をゆっくり下ろした。周囲に目を向けるが、誰もいない。流夏《るか》たちも追ってきてないようだし、おそらくここなら大丈夫だろう。

「はあ……、はあ……！」

「レオナ」

レオナは苦しそうに息を吐いていたが、呼びかけると目を開けて、こちらを見つめた。

「い、生斗《いくと》、さん……、わ、わたし……」

「安心して、何も心配することはないから」

「は、はい……」

彼女は全身を小刻みに震わせ、拳《こぶし》を固く握りしめている。

その右手には、ファミレスから持ってきたフォークが握られていた。

「そっか、それを使って、殺したかったんだね？　じゃあ、今度《こんど》こそ上手くやろう。拘束具に邪魔《じゃま》されないように、ゆっくりと、慎重に」

「ん……、あ……、は、はい……！」

レオナはうなずき、震える右手をこちらに向ける。本当なら衝動に任せたまま殺したいはずだろうに、その本能を抑《おさ》え付《つ》けて、自分自身を制御しようとしている。

その身に迫る苦悩《くのう》を思うと、胸が締め付けられてくるが、

「いいよ、その調子だ。ゆっくり、ゆっくりでいいんだ」

その思いを口には出さず、僕は彼女を鼓舞《こぶ》し続ける。

「い、生斗《いくと》、さん……！」

そして、緩やかに迫ってきたフォークが、僕の胸元に突き立てられた。

「そう、それでいいんだ。そのまま、ゆっくり」

「は、はい……！」

レオナは僕から目をそらさず、少しずつ右腕《みぎうで》を近づけてくる。

「そうだ、そのまま、そのまま、ん……」

やがて胸にフォークが刺さり、じんわりとした痛みが広がっていくが、僕は逃《に》げずに笑みを

浮かべた。

「焦っちゃダメ、だよ……。そう、その調子で、ん、ぐ、あ、ああ……」

緩やかに、フォークが肉を突《つ》き破《やぶ》り、骨の隙間を通り、奥へと突《つ》き進《すす》んでくる。

「生斗《いくと》さん、生斗《いくと》さん……！」

悲痛な表情を浮かべたまま、レオナは震える腕をねじった。

「う、んあっ……！」

反射的に身をよじりたい気持ちを、無理やり抑《おさ》え込《こ》む。

僕は死なない。死なないんだから、逃げる必要なんてない。

これまでに何度も唱《とな》えてきたことを、改めて心の中で思い浮かべた。

「ん、あ、あああああっ！」

叫びと共に、レオナはフォークを力強くねじり、さらに僕の中へと押し込む。

——刹那、視界が暗転した。

けれどそれも一瞬のことで、僕の意識はすぐさま覚醒する。

「お、え、あ……」

かと思った瞬間、再び激痛が襲いかかり、命の灯《ひ》が消えかけ、その直後に蘇《よみがえ》る。

「そ、そう……、そ、それ、で、いい……」

その繰り返しの中、僕は無理やり言葉を紡いだ。

そうして、どれくらいの時間《じかん》が経っただろうか。

「はあ、う、ん……、くぅ、あ……」

レオナは荒い息を吐きつつも、次第にその呼吸が整っていく。

「も、もう……、大丈夫、だと、思います……」

軽く頭を振り、彼女はゆっくりと僕から離れた。

「ふう……、ふう……、う、ん……」

レオナはまだ呼吸を乱していたが、なんとか気持ちを落ち着けようとしている。

「本当に、大丈夫？　もう何回《なんかい》か『処置《しょち》』をしておいた方がいいんじゃないか？」

「い、いえ、息さえ整えば、平気です。――それより、ごめんなさい。せっかく流夏《るか》さんたちと、楽しく食事をしていたのに、台無《だいな》しにしちゃいましたね」

「ん、ああ、いや、そこは気にしなくていいよ。一番《いちばん》大事なのは、レオナのことだからさ」

「えっ？」

「あっ」

さりげなく答えてから、とんでもなく恥ずかしいセリフだったと気付く。

二人の間で、気まずい沈黙が訪れた。

「……あの」

やがて、レオナが意を決した様子で顔を上げる。

「ど、どうして生斗《いくと》さんは、ここまでしてくれるんですか？」

「へっ？」

「お仕事だからというのは分かります。でも、ただそれだけなんですか？　それだけで、ここまでできるものなんですか？」

「ん、それは……」

戸惑いつつも、僕はどうにか言葉を紡ぐ。

「えっと、レオナは人を殺したくないと思ってるんだよね？　その思いに応えたいんだ。僕を殺し続けている限り、君は誰も殺さずに済むはず」

「は、はい」

「レオナに、人を殺して欲しくない。それが、僕の……」

──そうじゃない。

本当に言いたいのは、そういうことじゃないだろ？

レオナのフォークが流夏《るか》に迫ったとき、心を乱されたのは間違いない。

でも、そのとき浮かんだのは危機感なんてものじゃなかった。

そう、あれは……。

「嫉妬《しっと》だ」

その一言を口にして、ようやく僕は、自分自身の気持ちをはっきり理解した。

最初は一目惚れだった。レオナの力になりたいと、そう思っているのも確かだ。

けれど、それだけじゃない。

献身《けんしん》や忠誠《ちゅうせい》なんて言葉とは程遠い、わがままな独占欲《どくせんよく》が、心の中にはあったんだ。

「僕はレオナに、僕以外の人を殺して欲しくないんだ」

「……生斗《いくと》さん以外の人を？」

「ああ。君が殺すのは、僕だけにして欲しい。それが、根っこにある想いだよ」

歪《ゆが》んでいるとは思う。誰にも理解されないという自覚もある。

それでも、

「僕は、レオナにとっての、特別でありたいんだ」

率直な気持ちを、はっきり言葉にした。

レオナは一瞬、目を見開いたが、

「……わたしも」

顔を背けず、ゆっくりと言葉を紡ぐ。

「わたしも、生斗《いくと》さんだけを殺したいです」

「レオナ……」

「もう、さっきみたいなことはしません。どんな衝動が襲ってきても、決して他の人には殺意を向けないと誓います。だから、生斗《いくと》さん……」

彼女はゆっくりと手を差し出し、言った。

「これからも、わたしに全力で殺されてください」

「……最初から、そのつもりだよ」

僕たちは固い握手を交わし、同時に照れた笑いを浮かべるのだった。


持ってきたフォークを返却《へんきゃく》するためファミレスに戻ると、すでに流夏《るか》たちの姿はなかった。

店員さんに話を聞くと、もう帰ったとのことだ。代金《だいきん》も支払われたらしく、大きなトラブルに発展《はってん》しなかったことに胸をなで下ろす。店員さんは笑顔で応じてくれたけど、それでも僕とレオナは迷惑をかけたことを謝罪し、フォークもちゃんと返してからお店を後にした。

その後、駅前の広場まで戻ってきた僕たちは、約束の時間にアイシャさんと合流し、

「――と、いうわけなんだ」

さっきまでの出来事を、包《つつ》み隠《かく》さず話した。

「なるほど、茉莉《まつり》様に続いて流夏《るか》様も、ですか。なかなか面倒な事態になってますね」

事情を把握した彼女は、表情を変えずに縁無し眼鏡を軽く押し上げる。

「いえ、失礼しました。一介《いっかい》のメイドごときが自身の感想を述べるべきではありません。大事なのは、ご主人様の決断です」

アイシャさんは首を横に振り、レオナへ目を向けた。

「……わたしは」

レオナは一瞬、考える素振《そぶ》りを見せたが、

「わたしは、流夏《るか》さんたちにも協力してもらいたいです」

そう言って、顔を上げる。

「茉莉《まつり》さんには、報酬を支払うと約束しました。流夏《るか》さんにも、お買い物を手伝ってもらった恩《おん》があります。彩夢咲《あやめざき》家の当主としては、そのどちらにも応えるべきでしょう」

言葉を紡ぎつつも、彼女は首を横に振った。

「……ううん、違いますね。そんなのはただの建前《たてまえ》です。そういうことじゃないんです。流夏《るか》さんと茉莉《まつり》さんは、ほんのわずかな時間とはいえ、共《とも》に楽しい時間を過ごした仲です。だから、約束や恩など関係なく、その願いには応えたいんです」

その瞳には、確かな想いが宿っていて、

「――この数《すう》時間で、ずいぶんたくましくなられましたね」

アイシャさんはそれだけを言って、小さくうなずいた。

「分かりました。では、その方向で進めましょう。ともあれ、お二人ともご無事で何よりです。お買い物も済まされたとのことですので、一応、買い漏らしがないかどうかを確認させていただけますか？」

「あ、うん、これです」

アイシャさんはレオナから紙袋《かみぶくろ》を受け取り、その中身を見つめる。

「はい、問題ありません。ありがとうございました」

「アイシャも、ありがとう。苦労《くろう》をかけたわね」

「……はて。どういう意味でしょう？」

「だって、大変なお買い物だったんでしょ？」

「――気付いていらしたのですね」

「ふふっ、なんのことかしら？」

「いえ、お気遣いありがとうございます。こちらの買い物も無事、完了してます」

二人の間でいくつかの会話が交わされた後、レオナがゆっくりと、僕に顔を向けた。

「彩夢咲《あやめざき》家へ戻りましょう」

「ああ、そうだな。やるべきことは盛《も》りだくさんだ」

「はい！」

笑顔を見せると、彼女も微笑み、アイシャさんと並んで歩き出す。

――その二人に続きつつ、頭に浮かぶのは、ファミレスでの出来事だ。

すなわち、レオナが流夏《るか》にフォークを突き立てようとした、あの瞬間のこと。

殺人衝動が暴走したのは、これで二度目で、しかも二日連続だ。

アイシャさんいわく、『臥宮生斗《ふしみやいくと》の影響』ということなんだけど、でも本当にそれだけなのか？

何か別の条件があるのかもしれない。

たとえば、昨日との共通点《きょうつう》が、今日一日のうちにあったんじゃないか？

そんなことを考えながら、僕はレオナたちの後を追いかけた。

杞憂《きゆう》に過ぎないことを、心の底から願いながら。

――――――――――――

雑記七―二

娘と二人で海外へ出かけた。

仕事で遠出《とおで》をする際、今まではあの人に世話を任せていたけど、これからはそうもいかない。悩んだ末での決断。不安は大きかったけれど、現地の宿泊《しゆくはく》先で日本人《にほんじん》の家族と出会えたのは幸いだった。

少し話をして、信頼できる人たちだと確信。娘の世話をお願いしてみると、あっさり了承してくれた。

仕事自体は大して難しくなかった。金と欲のために、五人も殺しているクズだったが、それ以上でもそれ以下でもない、ただのクズだ。

寝込《ねこ》みを襲い、あっさりと任務《にんむ》完了。

予定と違ったのは、そいつの家に子どもがいたこと。

標的《ひょうてき》を仕留《しと》めた直後、地下から物音が聞こえたから、確かめてみると、そこには一人の女の子がいた。

娘がいるという情報《じょうほう》は聞いてなかったが、不測の事態なんてものはいくらでもある。

そもそも、実子《じつし》かどうかも不明だ。その子の格好はあまりにもみすぼらしく、まともな食事さえ与《あた》えられてない様子だったから。

殺してもよかった。子どもとはいえ目撃者である以上、『処理』すべき対象だったことは確かだ。

けれど、気の迷いか、同情《どうじょう》か。あるいはそのどちらもか。

うつろな目でこちらを見つめる彼女へ、私は言ったんだ。

「来るか？」と。

その簡潔な問いに、その子は無言でうなずいた。

「名前は？」

さらに尋ねると、彼女はかすれる声で、自身の名を伝える。

それ以上《いじょう》の問答《もんどう》は必要なかった。


――――――――――――――

第五章

1

「やあ、こんばんは」

すっかり陽が暮《く》れた頃に流夏《るか》の家へ寄ると、彼女は玄関《げんかん》の前で僕を出迎えてくれた。

「ごめんな、昼間はあんな別《わか》れ方になっちゃって」

「気にしなくていいよ。緊急事態だったんだろう?」

端的《たんてき》に話を切《き》り出《だ》すと、彼女は手に持った物を僕に手渡してくる。

それは、ファミレスに置いてきた財布だった。

「奢《おご》ってやってもよかったんだけどね。そこはきっちりしておいた方がいいと思って、生斗《いくと》とレオナ君の分だけ使わせてもらったよ。レシートも入れてるから、確認しておいてくれ」

「ああ、ありがとう」

答えながら、そのままポケットに仕舞《しま》い込《こ》む。

「それで、用件《ようけん》は?」

「うん、えっと、さっきまで、その……、『お仕事』だったから、こんな時間になっちゃったんだけどさ、レオナからの伝言があるんだ。流夏《るか》に、飾り付けを手伝って欲しいんだって」

「ふむ、そういうことか。こちらとしては、もちろん大歓迎《だいかんげい》だ」

「そうか、それは助かる。じゃあ早速なんだけど、明日からでも構わないか？」

「生斗《いくと》と一緒に、レオナ君の家に行けばいいのかい？」

「そうだな。放課後に校門の辺りで待っててくれるか？ 明日もきっと、アイシャさんが迎えに来るはずだから、そこで合流しよう」

「分かった。それじゃあまた明日、かな？」

「うん。また明日」

伝えるべきことを伝え終えると、僕は軽く手を振り、背を向ける。

しかしすぐに振り返り、流夏《るか》を見つめた。

「どうしたんだい？」

「――嫌なら、断ってもいいんだぞ」

その一言に、流夏《るか》は少しだけ肩を震わせたが、しかしすぐ、首を横に振った。

「断る理由なんてないさ。自分の趣味を披露《ひろう》できる、またとない機会だからね」

「……そっか。じゃあ、明日からよろしくな」

「ああ。また明日」

「うん」

簡潔に言葉を交わし、僕は今度こそ振り返らずに月島家《つきしま》を後にする。

そうして、そのまま近所の商店街へ向かって歩き出した。

さて、次は茉莉《まつり》か。あいつにも、報酬の件を伝えないとな。

茉莉《まつり》が立《た》ち寄《よ》ってそうな食べ物屋さんを目指《めざ》して、僕は足を動かした。


それから数日《すうじつ》、デスゲーム作りは順調に進んでいた。

「……ここはペンタグラムのタリスマンを重点的《じゅうてんてき》に置くべきか。となるとこっちにはシリウスのサンダイアルをいくつか。で、そっちにはルーンストーンを敷き詰めるというのもありか」

ブツブツとつぶやく流夏《るか》の側で、僕とアイシャさんも自《みずか》らの作業に専念《せんねん》している。

屋内《おくない》のあちこちには、もうすでになんらかの装置や、機械らしきものがいくつも配置《はいち》されていて、あとはちょっとしたひと手間を加えれば、開催できるという段階までになってるんだ。

けれどもちろん、『デスゲームを作ってる』なんてことを知られるわけにはいかない。

その点をどうクリアすべきか、僕たちは話し合い、たどり着いた結論が、

『偽物《にせもの》のゲームを仮設《かせつ》する』

というものだった。

ゲームのギミックやデザイン、全体的なコンセプト等はそのまま進めるけども、『死ぬ要素《ようそ》』だけはひとまず排除。安全面《めん》に配慮し、『誰もが普通に楽しめそうなゲーム』を完成させる。そしてそのゲームを茉莉《まつり》に遊んでもらった後、改めて作《つく》り直《なお》す。

余計な手間はかかるけど、リスク回避《かいひ》のためには必要な遠回《とおまわ》りだと思う。そしてその計画は、今のところ成功しているようだった。

「ところで、このゲームをお披露目《ひろめ》をするときには、私も『その場』に立《た》ち会《あ》えるのかい？」

「もちろんです。開催当日《とうじつ》にご招待《しょうたい》させていただきますので、心ゆくまで楽しんでください」

「ありがとう。ワクワクしてきたよ」

実際、流夏《るか》はアイシャさんと軽快に話し合ってるし、不審に思ってる気配はない。茉莉《まつり》もあの日以来、彩夢《あやめ》咲《ざき》家には来てないけど、この様子だと当日は楽しんでもらえるはずだ。

そんなわけで、作業は大詰《おおづ》めを迎えつつあるわけだけど、実はこの段階においても、僕自身はゲームの詳細を知らないでいるんだ。

どこにどんな仕掛けがあり、どう攻略《こうりゃく》すればいいのかなんて、さっぱり分かってない。

ただ、それも当然と言えば当然だ。本当の本番《ほんばん》で、デスゲームを体験することになるのは、この僕なんだから。

参加者である僕が『答え』を知っていたら、ゲームとして成り立たない。そんな事態を避けるため、僕はゲーム作りの『根っこ』の部分には極力《きょくりょく》関わらないようにしている。そのことは、レオナやアイシャさんとも話し合った上での結論なんだ。

……でも、そうなると僕の役目は必然的に、単純な力仕事《ちからしごと》がメインになるわけだけど、完成を間近に控えた今、そんな単純作業もほとんどなくなってくるわけで。

「よし、終わり」

よく分からないたくさんの配線《はいせん》が絡《から》んだ、分厚い金属で覆われた装置を運んで、指定された場所に置いたところで、一息《ひといき》つく。予定通りなら、これで僕のやらなきゃいけないことはなくなったはずだ。あとは、本当に細かい飾り付けを済ませれば、ゲームは完成する。

軽い達成感と共に、手の空いた現状が落ち着かなくて、ぼんやり周囲を眺めた。流夏《るか》は楽しそうに持参《じさん》したアクセサリ類《るい》を飾り付けている。アイシャさんも最終調整《さいしゅうちょうせい》段階に入っているのか、自分の作業に没頭《ぼっとう》していた。

「生斗《いくと》さん」

そんな中、レオナが僕に話しかけてきた。

「もう、やるべきことは残ってませんか？」

「ん、そうだね。後は二人を見守るだけだよ」

「そう、ですか。できれば、わたしも何か力になれるといいんですけど……」

そう言って彼女は視線を落とし、自分の手足を見つめる。身体を拘束せざるを得ない彼女は、簡単な雑務《ざつむ》を手伝うことすらできない。そのことを心苦しく思っているんだろう。

「リーダーの仕事は、『決断すること』なんだ。それ以外のことは、僕たちに任せておいてよ」

「は、はい、それは分かっています。分かっているんですが……」

ここ数日の間、レオナはずっと、浮かない表情を見せていた。

責任感や義務感、その他《ほか》、様々な想いが彼女の胸の中では渦巻《うずま》いているのかもしれない。

「……じゃあさ。レオナは、やっておきたいことって、ある？」

「えっ？　やっておきたいこと、ですか？」

「ゲームが完成した後に、何かやり残したことがあったりしたら、後悔するんじゃないかなって思ったんだ。だから、そういう不安は、今のうちに取《と》り除《のぞ》いておいた方がいいよね？」

「やり残したこと……、やり残したこと……。——そうだ！」

と、レオナは不意に顔を上げ、アイシャさんに目を向ける。

「あの、わたし、ちょっと気分が悪くなったので、休んでいてもいいですか？」

「許可《きょか》を求める必要はありません。ご主人様は、ただ命《めい》じるだけです」

「そう、ですよね……。では、わたしは少し休みます。その際、生斗《いくと》さんにも看病《かんびょう》を頼みます」

「はい、理解しました」

「では、後のことはよろしくお願いします」

「かしこまりました」

「……大丈夫かい？」

と、二人の会話を聞いていた流夏《るか》が、簡潔に問いかけた。

「ん、ああ、こっちは問題ない」

僕が代わりに答えると、彼女は口元に笑みを浮かべる。

「分かった。あと少《すこ》しで完成だから、それまでのんびりしててくれ」

「そうか。楽しみにしてる」

そうして、僕とレオナは大広間を後にし、ゆっくりと廊下《ろうか》を歩く。

「えっと、一応、確認なんだけど、本当に気分が悪くなったのかな？」

「……ううん。ちょっと、ウソついちゃいました」

尋ねると、彼女はいたずらっぽい笑みを浮かべた。

「むしろ、体調は良好《りょうこう》です。あの衝動も、安定《あんてい》してますし」

確かにファミレスでの一件《いっけん》以来、レオナの殺人衝動は暴走していない。

今まで通り、陽が暮れたら発症して、僕を殺すだけだ。

「そっか、それならいいんだけど。じゃあ、どうして？」

「生斗《いくと》さんに言われて、気付いたんです。やり残したことがあるって」

軽くためらいつつ、レオナはこちらをまっすぐに見つめ、

「探検《たんけん》を、してみたいなと思いまして」

「探検？」

「ご存知のように、彩夢咲家《あやめざき》は暗殺を生業《なりわい》とした一族で、このお屋敷には、『そのこと』に関する道具《どうぐ》や資料がたくさんあるんです。これまでもその資料などを活用してきたわけですが、もしかしたら、もっと役に立つ何かがあるかもしれないんですよね。だから探検をして、その何かを見つけられたらいいな、と」

「……なるほど、その可能性はあるかもしれないな」

「もちろん、闇雲《やみくも》に探すわけじゃありません。実は、母から『入ってはいけない』と言われていた場所が、いくつかあるんです」

「入ってはいけない場所？」

「当時は『子どもには危《あぶ》ないから』としか教えられてませんでしたし、その言葉を信じていました。でも、そうじゃないのでしょう。おそらく『家業《かぎょう》を隠したかったから』というのが本当のところなんだと思います。だとすればそこには暗殺に関する何かが、それも、とんでもない何かが、きっとあるはずです」

　確かに、一理《いちり》ある。いや、それどころか、十中八九《じゅっちゅうはっく》、『そうだ』と思える証言《しょうげん》だ。

「……入ってはいけないと言われた以上、その言いつけを守るべきなのかもしれません。でも、それじゃダメなんですよね。言われるがままじゃダメなんです」

「レオナ……」

「それに、今のわたしは彩夢咲《あやめざき》家の当主です。わたしがこの家の主人なんです。知らないことを知らないままでいるのは、無責任《むせきにん》ですし、知る責任があります」

静かに、ゆっくりと話す彼女の瞳には、確かな覚悟が宿っている。

その様子を見つめながら、僕は晴れやかな気持ちになっていた。

出会った頃に比《くら》べたら、レオナはかなり積極的になったと思う。ここ数日の経験が、彼女にとってプラスに働いているのかもしれない。

彩夢咲《あやめざき》レオナは、先へ進もうとしている。だとしたら、僕はそれを、前向きに支えたい。

「……ただ、その」

と、次の瞬間、その表情がかすかに強張り、足元に視線を落とした。

「あの、やっぱり、そういう場所に一人で入るのは怖くて……、だから、生斗《いくと》さんにも一緒に、来てもらいたいな、と思いまして」

緊張を隠そうとしない彼女に、僕は強くうなずく。

「分かった、一緒に行こう。案内してくれる？」

「は、はい！」

レオナは大きくうなずき、照れた笑いを浮かべるのだった。

2

「ここです」

レオナと並んでしばらく歩いた後、彼女は不意に、一つの扉の前で立ち止まった。

「禁止《きんし》されていた場所は他にもいくつかありますけど、この部屋だけは、絶対に入ってはいけないと、厳重に言われてました。なので、まずはここを探検してみるべきでしょう」

扉自体はそっけない作りで、特別さは感じられないけど、レオナが『ここ』だと言ってるんだから間違いないのだろう。

「当主となった日に、アイシャからマスターキーを預《あず》かってます。これでどの部屋の扉も開くはずです」

そう言って彼女は懐から一本の鍵を取り出し、軽く息を吸ってから、鍵穴《かぎあな》に差《さ》し込《こ》んだ。

すると軽い金属音《おん》と共に鍵は開けられ、僕たちは一瞬、顔を見合《みあ》わせる。

「当たり、みたいだね」

「そう、みたいですね。で、では、入ります」

「いや、待って。僕が先に入るよ」

「えっ？」

「僕は、ほら、死なないからさ。何かあっても、大丈夫だから」

「……分かりました。では、お願いします」

レオナは素直に首を縦に振り、一歩後ろへ下がった。

「よし。じゃあ、開けるよ」

ドアノブに手をかけ、ゆっくりと回し、扉を押《お》し開《あ》ける。

室内には真《ま》っ暗《くら》な闇が広がっていたが、思い切って足を踏み入れてみた。しかし、人を殺すようなトラップが発動する、なんてことはない。

その静かな空間《くうかん》の中、壁に手を当て、適当にまさぐっていると、ちょっとした突起物《とっきぶつ》が手に当たる。そこに力を込めると、乾いた音とともに光が点った。

どうやら明《あ》かりのスイッチだったようだ。視界が広がり、飛び込んできたのは、殺人に使えそうな道具の数々——なんてこともない。

その部屋にあったのは、いくつかの本棚《ほんだな》と、質素《しっそ》な机のみ。

書斎《しょさい》として使われていた部屋、だろうか。

本棚に並べられている書籍《しょせき》を眺めてみると、様々な単語が目に入る。

人体、薬物《やくぶつ》、金属、爆発物、刃物や銃器《じゅうき》等々……。

「暗殺に関する資料、ですよね」

同じように本棚を見ていたレオナが、小さくつぶやいた。

「こういう書物《しょもつ》を、わたしに読まれたくなかった、ということでしょうか？」

「うん、そうかもしれない」

「だとしたら、目を通しておくべきですね。デスゲーム作りに応用《おうよう》できる知識が手に入るかもしれませんし」

すでに覚悟は決まっているのか、レオナは返事も待たず本棚に手を伸ばす。僕も無言で近くにある本を手に取り、その内容をチェックしていった。

……そうして、しばらくは読書《どくしょ》に耽っていたんだけど、

「うーん」

特に有益《ゆうえき》な情報が見つからず、思わず声を漏らす。

ここにある書物は、暗殺に利用できそうな物ばかりだ。それは間違いない。

だけど、その中の一冊《さつ》ずつを読む限りでは単なる資料でしかなく、それをどう活用すべきか、素人《しろうと》である僕には分かりっこない。

「そっちは、何か見つかった？」

軽く頭を振り、レオナに顔を向けた。

が、そこにいると思っていた彼女の姿はない。

室内を見渡すと、レオナは本棚ではなく、質素な机の前に座《すわ》り込《こ》んでいた。

「レオナ？」

背後から彼女の側に近づく。

レオナの手の中にあるのは、一冊のノートだった。

よく見ると、机の引き出しが開かれている。その中に仕舞《しま》われていたノート、ということか。

「それも、暗殺に関する資料？」

「……違います」

レオナは首を横に振り、こちらへ顔を向けた。

「これは、母の覚《おぼ》え書《が》きです」

「覚え書き？」

「母の体験したことを、書《か》き記《しる》したノートです。資料というより、日記《にっき》ですね」

「じゃあ、役には立たない？」

「ううん、そんなことありません。だってここには、母の想いが残されているのですから」

そう言ってレオナは、開いたページを僕に見せてくる。

視界に飛び込んできたのは、そこに書かれている文章《ぶんしょう》だ。


『――当主の座を引き継いだ以上、固く誓う。

殺す相手を選ぼう。絶対に営利目的での殺しはしない。

偽善だという自覚はある。でも、私自身はそうしたい。

娘の……、レオナのためにも』

「……お金のために人を殺している、と思っていました。でも、そうじゃなかったんですね」

こちらを見つめたまま、彼女は晴れやかな表情を作る。

「殺人を生業《なりわい》にしていたという事実は変わらないのでしょう。でも、その仕事に誇《ほこ》りを持っていた、持とうとしていたことも、また確かなんです。それだけで充分です」

顔を上げ、レオナは天井を見つめた。

「ゲーム作りには関係ないことかもしれません。でも、わたしの心は救われました」

その言葉に、僕の胸にも温《あたた》かい気持ちが広がっていく。

「お母さんと、分かり合えたんだね」

「そう、だと思いたいです。このノートを最後まで読んでみないと、断定《だんてい》はできませんが」

返事をしながら、レオナは一心不乱《いっしんふらん》にページをめくる。

今まで知らされてなかったことを、知ることができる。その喜びを、彼女は心から堪能している。そんな体験をすることができたんだから、ここに来た意味は充分にあったと思う。

「――えっ」

と、そのときレオナは小さな声を漏らした。

「どうしたの？」

「……いえ、なんでもありません」

彼女はノートを見つめたまま、かすかに指を震わせている。

「…………あの、すみませんが、先に大広間へ戻っていてくれませんか？」

わずかな沈黙の後、レオナはそんな言葉を口にした。

「先にって……、レオナは？」

「わたしも、すぐに戻ります」

短く答えつつ、その視線はノートに向けられたままだ。

……もしかして、一人で読みたいのかな？

プライベートな内容が書かれているものだろうし、僕が側にいると気が散るのかもしれない。

何気なく、そのノートに目を向ける。チラリと飛び込んできたのは、『雑記十六《じゅうろく》―九《きゅう》』という文字だ。

――いや、覗《のぞ》き見《み》は良くないな。

「分かった。アイシャさんたちの手伝いをしてくるよ」

軽く頭を振り、そう告げる。

レオナを一人だけにするのは少し不安だったけど、その意思は尊重《そんちょう》したい。

ノートから目を離そうとしない彼女と別れ、僕は大広間へと戻った。

「おかえりなさいませ」

扉を開けた瞬間、アイシャさんがこちらに向かって頭を下げる。

しかし僕一人だということに気付くと、軽く首を傾げた。

「ご主人様は？」

「えっと……。ちょっと、一人になりたいみたいで……」

書斎らしき部屋に入ったことを、話していいのかどうか分からず、具体的な発言を避ける。

「でも、すぐに戻るって言ってたから、心配することはないと思いますけど」

「そう、ですか。分かりました」

不審に思った様子もなく、アイシャさんは軽くうなずいた。

その後、僕は雑用《ざつよう》や飾り付けの手伝いに専念し、そうしてしばらく経った頃、再び大広間の扉が開かれる。

見ると、レオナが無言のまま入《い》り口《ぐち》に立ち尽くしていた。

その表情は虚《うつ》ろで、僕は思わず駆け寄る。

「何かあった？」

しかしレオナは答えず、その視線はアイシャさんへと向けられた。

「……ごめんなさい。わたし、本当に気分が悪くなったので、休ませてもらいます」

そう言って彼女は踵を返し、たどたどしい足取りで大広間を後にする。

「レオナ？」

背後から呼びかけるが返事はなく、

「生斗様《いくと》」

そんな僕の、さらに後ろから、アイシャさんが声をかけてきた。

「今日はこれでお開きとさせていただきます。よろしいですね？」

有無《うむ》を言わさぬ問いかけに、思わず彼女を見つめる。

アイシャさんの表情は、普段と変わらないように思えた。けれど、その瞳はかすかに揺らいでいて、ただならぬ雰囲気に気圧された僕は、ゆっくりと首を縦に振る。

「で、でも、あの、『お仕事』は？」

窓の外に目を向けると、そろそろ陽が沈みそうな空模様《そらもよう》だった。このまま僕が帰ってしまうと、レオナの殺人衝動を解消できない。

「そこは、なんとか対処《たいしょ》します。ですので、どうかご心配なく」

「いや、でも――」

「流夏《るか》様も」

僕の言葉を遮り、彼女は流夏《るか》に目を向けた。

「どうかお引き取り願います。続きは明日ということで、構いませんか？」

「うん、もちろん。お大事にと伝えてくれ」

「はい。お気遣いありがとうございます」

流夏《るか》は手持ちのアクセサリを自分のカバンに仕舞い込んで、軽快な足取りで僕の元へ近づく。

「生斗《いくと》、帰ろう」

……これ以上食《く》い下《さ》がっても、迷惑をかけるだけか。

「レオナのこと、頼みます」

「頼まれるまでもありません」

もう一度アイシャさんを見ると、彼女はいつも以上に無感情な様子でこちらを見つめ返す。

しかしそれも一瞬のこと。アイシャさんはレオナを追って、早足《はやあし》で廊下を駆けていった。

そうして、僕たちは彩夢咲《あやめざき》家を後にする。

帰《かえ》り道《みち》でも、会話らしい会話は交わさなかった。

僕はレオナのことが気がかりだったし、そのことを流夏《るか》も察してくれたんだと思う。

それでも、そのときの僕は、まだ楽観《らっかん》的に考えていた。

明日になれば、また元気な姿を見せてくれると信じていたんだ。

3

——けれど、それから三日《みっか》間《かん》、僕はレオナに会えなかった。

流夏《るか》と一緒に飾り付けの手伝いをする日々が続いたが、その際にも彼女の姿はどこにもなく、アイシャさんに尋ねても「体調が優れない」という返答《へんとう》があるだけ。

それ以上のことは何も話してくれず、せめてお見舞《みま》いをさせて欲しいと頼んでも、ただ首を横に振るのみ。そうして、陽が落ちる前には解散《かいさん》となる。そんな毎日。

そうして、僕の気持ちを置《お》き去《ざ》りにしたまま、ゲーム作りは終焉《しゅうえん》を迎える。

「お疲《つか》れ様《さま》でした」

全ての作業を終えたその日、アイシャさんは僕たちに向かって労《ねぎら》いの言葉をかけてくれた。

「これでゲームは完成です。後は明日の開催を待つだけとなりました。お二人とも、ここまでの助力《じょりょく》に感謝しています。本当にありがとうございました」

ゲームは完成、か。正確にはこの後、『本番』に向けて改装《かいそう》する必要があるけど、流夏《るか》たちにお披露目するのは、『この状態』ってことだよな。

「流夏《るか》様、明日のご予定は？」

「特にない。放課後ならいつでも構わないよ」

「分かりました。では、これまで通りの時間に訪《たず》ねてください。……生斗《いくと》様には、茉莉《まつり》様へのお声がけをお願いできますか？」

「……ああ、後で伝えておくよ」

「では、また明日お会いしましょう。お休みなさいませ」

頭を下げる彼女を、僕は黙って見つめる。

言いたいことはたくさんある。でも、これ以上は踏み込めない。

結局のところ、僕は他人なんだ。

レオナのことを一番よく分かってるのは、アイシャさんのはずで、

「信じていいんですよね？」

だから短く、それだけを尋ねた。

「言われるまでもありません」

「……分かりました。よろしくお願いします」

そう言って深く頭を下げ、流夏《るか》と共に彩夢咲《あやめざき》家を後にする。

「心配かい？」

帰路の途中で、不意に流夏《るか》は声を漏らした。

「ん、まあな。でも、アイシャさんが付いてるんだ。きっと大丈夫だよ」

なんといっても、彼女は有能メイドなんだ。

レオナと会わせてくれないのにも、それ相応の理由があると考えるべきだろう。

「──私は生斗《いくと》の方が心配だよ」

「へっ」

流夏《るか》はさらにつぶやき、僕は思わず彼女の顔を見つめる。

しかしその瞳は前髪で覆われていて、表情がよく分からなかった。

「何か言った？」

「いや、なんでもないよ。ただの独《ひと》り言《ごと》さ」

と、彼女は早足で僕の前に出て、ゆっくりと振り返る。

「何度言ったか分からないけど、改めて言うよ。生斗《いくと》の身体は、生斗《いくと》だけの物じゃない。神様からの贈《おく》り物《もの》なんだ。そのことを忘れちゃいけないよ」

「……ああ、分かってるよ」

「そうか、それならいいんだ」

口元に笑みを浮かべ、流夏《るか》は大きくうなずいた。

「それじゃあ、私は先に帰らせてもらうよ。明日のための準備が、色々と残ってるからね」

「えっ、おい」

「おやすみ、生斗《いくと》」

返事も待たず、彼女は背を向け、薄暗くなってきた道を早足で歩いていく。

追いかけようと思えばできたけど、流夏《るか》はそれを望んでいないような気がして、僕は黙ってその後ろ姿を見送る。

「……茉莉《まつり》を探すか」

誰に聞かせるでもなくつぶやき、僕は近所の商店街へ向かって歩き出した。

そんなわけで翌日の放課後、僕たち三人は彩夢咲《あやめざき》家の大広間に集まっていた。

「ふおおおおおおっ！　これは、すごいな！」

茉莉《まつり》は笑顔で周囲を眺め回し、その瞳を輝かせている。

「やるじゃないか！　まさか、ここまで全力なゲームに仕上がるとは、思ってなかったぞ！」

興奮する彼女の隣では、流夏《るか》が満足げな様子で佇んでいる。

「軽く手伝っただけとはいえ、自分が関わった物を褒められるのは悪くないね」

「そうか、ルカも手伝ってたのか！　それはすごいな！」

「本当にすごいのは、生斗《いくと》たちだよ」

「ん……、僕は何もしてないよ。このゲームの主催者は、レオナなんだから」

答えつつ、周囲を眺める。確かに見渡す限り、大広間は様々なギミックが設置《せっち》されていた。物々《ものもの》しい仕掛けの数々が煌びやかな装飾に彩られていて、ド派手なゲームが開催されるだろうことを予期《よき》させてくれる。

気になるのは、レオナたちの姿が見当《みあ》たらないことだ。

アイシャさんは僕たちをここへ案内した後、「準備があるから」と言ってどこかに行ってしまったんだ。

主催者であるレオナにも、まだ会えないでいる。彼女たちがいないと、ゲームは始まらない。

そのことを、流夏《るか》と茉莉《まつり》は理解しているんだろうか。

「お待たせしました」

と、そのとき、聞き覚えのある声が室内に響《ひび》き渡《わた》った。

同時に、明かりが消えて、大広間の中央にスポットライトが当たり、僕たちは一斉《いっせい》に視線を向ける。

光の先にいたのは、アイシャさんだ。

「ただいまより、ゲーム大会《たいかい》を開催します。参加者の皆様《みなさま》は中央へお集まりになってください」

「……えっと、もう始まってる？」

「そうみたいだね」

僕たちは顔を見合わせ、言われるがまま部屋の中央へと歩み寄る。

するとアイシャさんは軽く頭を下げて、口を開いた。

「時雨茉莉《しぐれまつり》様、月島流夏《つきしまるか》様、そして臥宮生斗《ふしみやいくと》様。このたびのご参加に心からの感謝を申《もう》し上《あ》げます。これより主催者様から、開催のお言葉がありますので、どうかご静聴《せいちょう》をお願いします」

――主催者。

その単語に、僕は気持ちを引き締める。

「それでは登場していただきましょう。彩夢咲《あやめざき》レオナ様です！」

言葉と共に、アイシャさんは両手を高く掲げた。

その瞬間、今度はさらに奥の方へスポットライトが当たり、僕たちはすぐさまそちらへ顔を向ける。

視線の先にあったのは、大きな鳥《とり》かごだ。

いつの間にそんな物が置かれたのかは分からない。けれど、とにかくその鳥かごの中には、一人の人物が座り込んでいる。

両手両足を拘束され、さらには首輪《くびわ》まで付けられたその人は、僕がよく知る女の子だ。

「レオナ！」

彼女の名を叫んだ瞬間、レオナはゆっくりと顔を上げ、

「……ゲームを」

たどたどしい口調で、言った。

「デスゲームを、始めます」

次の瞬間、足元で高い音が鳴り、

「はっ？」

目を向けた瞬間、驚きの声を上げる。

僕の足元にあった床だけが開き、真っ暗な空間が広がっていたからだ。

思考を巡らせる前に、身体は床下《ゆかした》に吸《す》い込《こ》まれ、

「――っ！」

叫ぶ余裕すらなく、闇の中へと消えた。

――――――――――――――

雑記七―五

海外で出会ったあの家族のことを、今でも思い出す。

娘が世話になったからというのもあるが、それ以上に、仲睦《むつ》まじい様子がまぶしかったから。

レオナと年の近い男の子がいる、三人家族。みんな明るく、健《すこ》やかで、傍《はた》から見る限りでは
まさに理想《りそう》の家族という感じだったが、でも、その夫婦《ふうふ》が言うには『親失格《しっかく》』なのだそうだ。

子どものことより、どうしても仕事を優先してしまう、とのこと。

そういう生《い》き方《かた》しかできないんだ、と。

その詳しい事情までは聞けなかったが、でもまあ、自覚があるのなら大丈夫だろう。

この世界には親としての自覚どころか、我が子を獣同然《けものどうぜん》に扱う奴らだっている。

きっとあの人たちは、ああいう連中《れんちゅう》と同じ道を歩かない。

夫婦の懸念を余所《よそ》に、男の子は無邪気で、元気いっぱいだった。

レオナとも仲良くなったみたいで、お別れのときはどちらも目に涙を浮かべていたのが印《いん》

象《しょう》に残っている。

……もしもまた、いつかどこかで、再び出会ったとき、二人はお互いのことを覚えているだろうか。

さっぱり忘れているのかもしれない。そもそも出会う機会すら訪れないかもしれない。

それでも、もしも再会できたらそのときは、きっと仲良くなれる。

そんな根拠《こんきょ》のない未来が、なんとなく頭に浮かぶ。

これは予感《よかん》というよりも、願いだ。

親として、一人の人間として、この子たちの幸せを願わずにはいられない。

幸せになっていいはずだ。


――――――――――――――

第六章

1

「んがっ！」

固い床に身体を打《う》ち付《つ》けた瞬間、全身に激痛が走った。

頭の中が真っ白になるが、その痛みを無視して強引に起き上がる。

ここは、どこだ？　周囲を見渡しても、薄暗いせいでよく分からない。耳を澄《す》ませてみても、大きな物音は聞こえない。

ただ、落ちてきたってことは、地下なんだよな？　あの大広間の下に、こんな場所があったのか？　もしかしてここも、ゲームの一環で作った？

数々の疑問に、思考を巡らせていると、

『事態は把握できましたか？』

不意に言葉が届き、すぐ近くで光が点る。

目の前にあるのは、三台《だい》のモニターだ。そのうちの中央の物が作動し、レオナの顔を大きく映《うつ》し出《だ》していた。

「あ、あの、いったい、どうなってるんだ？」

『ルールを説明します』

困惑する僕と目を合わせようともせず、彼女は口を開いた。

『一度しか言わないので、よく聞いてください。あなたにはこれから、ゲームに参加してもらいます。そのゲームをクリアできれば、人質《ひとじち》は解放《かいほう》されます』

その言葉と共に、左右《さゆう》のモニターも点灯《てんとう》する。

「な、なんだよ、これは……」

それを見た僕は、思わず声を漏らした。

全身を鎖で拘束された、流夏《るか》と茉莉《まつり》が映っていたからだ。

『お二人は今、密封《みっぷう》された特殊《とくしゅ》な棺桶《かんおけ》に閉じ込められています。この棺桶を開けるためには、特別な鍵が必要で、鍵を手に入れるためには、いくつかの試練《しれん》をクリアしなければなりません。以上を踏まえた上で、改めて申し上げます』

軽く息を吸ってから、レオナは言った。

『これはドッキリではありません。あなたがクリア条件を満たせなければ、人質の命は失われます。死ぬということです。そのことを充分に理解して、行動してください』

言い終わると同時に、レオナの姿は消え、その両隣《りょうどなり》の映像には異変が起きる。

棺桶の上部《じょうぶ》から、水《みず》が流《なが》れ出《だ》したんだ。

「ん……」

「あ……？」

今まで気を失っていたのか、その水に反応して流夏《るか》と茉莉《まつり》は目を覚まし、

「え、あ、何……？」

「つ、冷《つめ》たい！」

すぐさま驚きの声を上げた。

「ど、どうなってるんだ？」

「う、動けない！　なんなんだ！　なんなんだ、これ！」

困惑する二人を見て、僕の頭に電撃《でんげき》が走る。

くっそ、マジか！

フェイクでもなんでもない、本当のデスゲームが始まってるじゃないか！

しかも、流夏《るか》たちを巻き込んで！

なぜこんなことになったのか、さっぱり理解できないけど、でも、やるしかない。

レオナは試練をクリアしろと言った。僕がここに落とされたのも、その一環ということなのだろう。ならば、この場所にはなんらかの手がかりがあるはずだ。

モニターにはパニックに陥る流夏《るか》たちが映っているが、でもそこに流《なが》れ出《で》ている水は微量《びりょう》だ。

棺桶の中を満たすには、まだ時間がかかるはず。急《いそ》ぐ必要はあるけど、焦ってはいけない。

――そのとき、頭上《ずじょう》でほのかな光が灯《とも》り、反射的に見上げる。

天井から小さな豆電球《まめでんきゅう》が吊《つ》るされていた。おそらく、遠隔操作でスイッチが入るようになっていたのだろう。

視線を戻し、状況を確かめる。装飾も何もない、質素な個室《こしつ》。その中央に、不気味《ぶきみ》な装置が設置されていた。テーブルの上に細長《ほそなが》い透明《とうめい》な筒《つつ》があり、その内側《うちがわ》がいくつもの刃物で覆われているんだ。

刃物を潜《くぐ》り抜《ぬ》けた先には、小さな鍵が置かれている。あれを取るしかない、ということか。

近づいて見てみると、腕の一本くらい通りそうな太さではある。

その筒の中に、僕はためらわずに右腕を突っ込んだ。

刹那、刃が回転《かいてん》し始め、激しく暴《あば》れ狂《くる》って僕の腕を切《き》り裂《さ》く。

「ぐ、あああっ！」

襲い来る痛みに耐えながら、構わずねじ込《こ》み、奥にあった鍵をつかみ取《と》ると、

「ん、あ、ああ、あああああああっ！」

無理やり腕を引《ひ》き抜《ぬ》いた。

「う、ぐ……」

血まみれになった手を眺める。『リセット』されないということは、死ぬほどの傷じゃない

ということ。そのことを確認してから、明るくなった部屋を改めて見渡してみた。

すると、その片隅に簡素《かんそ》なドアがあることに気付く。

ふらつく足取りで近づき、解錠《かいじょう》する。無傷《むきず》の左手《ひだりて》でノブを回すと、勢いよくドアを開けた。

視界に飛び込んできたのは、狭《せま》い廊下と、その行《い》き止《ど》まりにある何かの銅像《どうぞう》だ。

なんだろう？　その姿を確かめるために、一歩踏《ふ》み出《だ》し、

「っ！」

刹那、足元に衝撃が走り、その場で膝《ひざ》をついた。

顔をしかめながらも、事態を把握する。右足《みぎあし》に、大きなトラバサミが食《く》い込《こ》んでいたんだ。

……あの銅像は、この罠から目を逸《そ》らすために置かれていたってことか。

「う、上手く、作られてる、じゃない、かあああっ！」

両手でトラバサミをつかむと、僕はそれを無理やり引きはがした。痛みからは解放されたが、
右足首は血に塗れ、まともに歩けるかどうか分からない。

が、それでもやはり、『リセット』はかからなかった。

だったらこのまま進むしかない。立ち上がり、さらに一歩を踏み出し、

「うお、あっ！」

その床下から何本もの針が突き出し、左足《ひだりあし》に突《つ》き刺《さ》さった。

「ま、またか……！」

同じような手を続けて食らう自分にげんなりしてくるが、気落《きお》ちしてる場合じゃない。

針から足を引き抜き、今度は右足を、慎重に前へ置く。

よし、何も起きない。

僕は安堵のため息をつき、さらに前進《ぜんしん》しようとして、

「――づあっ！」

左腕《ひだりうで》に鋭い痛みが襲った。

見ると、二《に》の腕《うで》にボウガンの矢《や》が、深く突き刺さっている。

「こ、今度はそっちか……」

視点《してん》の誘導《ゆうどう》が上手い。ちゃんと考えて作られた仕掛けなんだと実感させられる。

とはいえ、ダメージ自体はそれほどでもない。両腕両足に傷を受けてはいるが、『リセット』がかかるほどじゃないんだから。

「こんなものじゃ、僕は殺せないぞ！」

気持ちを奮《ふる》い立《た》たせるため、ありったけの声で叫ぶ。

――次の瞬間、背後から衝撃が襲い掛かり、うつ伏《ぶ》せに倒された。

おそらく、後ろの方にあったなんらかのトラップが、何かの拍子に作動したのだろう。

その詳細を確かめる余裕もないまま、僕は顔を上げ、――思わず目を見開く。

天井が、落ちてきたからだ。

「っ！」

避ける暇なんてなく、僕の全身は一瞬で押し潰された。

肉と骨と内臓《ないぞう》の、同時にひしゃげる音が耳に届く。

まさに即死としか言いようがない衝撃を受け、今度こそ僕には『リセット』がかかった。

しかし『なかったこと』にされると同時に、天井だった物がそのまま再び僕を押し潰して、またもや即座に殺される。

「ん、べ、ぐ、あっ……」

リセット、即死、リセット、即死、リセット、即死……。

その繰り返しから逃れられないまま、僕は死に続けた。

『分かりましたか？』

そのとき、どこかから声が鳴《な》り響《ひび》く。

『もしかしたら生斗《いくと》さんは、こう思われていたかもしれません。「死ななければ、デスゲームなんてクリアできる」と』

……図星《ずぼし》だ。

『不死者である生斗《いくと》さんなら、そう考えるのも当然でしょう。けど、これが現実《げんじつ》です。あなたでは、このデスゲームをクリアできないんです』

レオナの淡々とした口調の中には、確かな自信がにじみ出《で》ていて、しかしそれも当然だなと、一人で納得したりする。

身動きを取れなくしたまま、殺し続ける。『臥宮生斗《ふしみやいくと》対策《たいさく》』としてはベストな答えだと思う。不死者としての性能《せいのう》や特性《とくせい》を、ちゃんと理解しているからこそできた対策であり、僕を実験台にしてゲーム作りを進めていた、その成果が出ていると言ってもいい。

『警告《けいこく》です。これ以上ゲームの続行《ぞっこう》を望むのなら、本当にあなたの親しい人を殺します。それが嫌なら、今すぐリタイアを宣言《せんげん》してください』

死に続ける僕の頭上から、さらなるアナウンスが響き渡る。

『そして、二度《にど》とわたしに関わらないと誓ってください。そうすれば、流夏《るか》さんと茉莉《まつり》さんを解放します』

……相変わらず、レオナの意図は分からない。

なぜこんなことをしたのか、何を考えているのか、僕にはさっぱりだ。

でも、彼女の言う通りにすれば、二人が助かるということは信じられる。その約束は、絶対に守ってくれるはずだ。

けれど、じゃあ、レオナは？

僕がリタイアして、レオナと関わらなくなったら、彼女はどうなる？

『衝動のことなら、ご心配なく。あの日以来、なんとか制御できるようになったのです』

――制御できるようになった？

『生斗《いくと》さんのお力を借りなくても、どうにかなるということです。ですので、お仕事の契約は打《う》ち切《き》りとさせていただきます』

耳を疑うような話だが、でも、それが本当なら、確かに僕が関わる必要はない。とはいえ、いきなりそんなことを言われても、すぐには受け止められない。死に続けている真《ま》っ最中《さいちゅう》に、気持ちの整理なんてできるわけがない。

「レ、レオナ……」

思考がまとまらず、ただ彼女の名前だけをつぶやく。そこから先は何も口にできず、静寂が廊下に広がった。

『……』

すると、頭上から息を吸うような音が聞こえ、

『ええい、早く決断しないか！』

激しい口調が鳴り響く。

『貴様に選択《せんたく》の余地などない！　それを理解できぬほど、愚《おろ》かではないはずだ！』

激情《げきじょう》にあふれたその叫びに、胸が痛む。

固く目を閉じる僕の頭上から、レオナはとどめを刺すかのように、言った。

『分かったのなら、今すぐリタイアしりょい！』

——しりょい？

『……あ』

一瞬の沈黙の後、彼女はかすかに声を漏らし、やがて沈黙する。

……そういうことか。

今の反応で、全てを理解した。

レオナは、ウソをついている。出会ったときと同じように、演技《えんぎ》をしてるんだ。

だとしたら、やるべきことは一つだ。

「だい、じょうぶ……！」

はっきりと声に出し、レオナに向けて言った。

「僕は、このゲームを、クリア、してみせる……！」

本心を偽っていると分かった以上、彼女の提案を素直に聞くわけにはいかない。

『だ、だめです、生斗《いくと》さん！　リタイアしてください！』

あたふたと慌てる声が聞こえてくるが、僕はあえて無視して、全身に力を込めた。

「ん、ぐ、うっ！」

のしかかる重さは変わらず、僕を押し潰そうとする。死の瞬間は何度も襲いかかり、意識は白黒《しろくろ》を繰り返すばかり。絶望的な状況であることは間違いない。

でも、だからどうした。

死なない身体になってから三年、僕は色んな局面に出くわしてきたんだ。

この程度のことは、ピンチでもなんでもない！

「うぐ、があっ！」

限界《げんかい》まで力を振《ふ》り絞《しぼ》っても、『これ』をどうにかすることなんてできないのだろう。

ならば、限界を超えればいい。そのやり方《かた》を、僕は知っている。

「う、お、おおおおっ！」

人間の身体には、自分の力を自動的《じどうてき》にセーブする機能《きのう》が備わっている。無理して身体を壊すと、死ぬかもしれないから、脳がリミッターをかけるんだ。

言い換えれば、死なないと分かっていれば、リミッターはかからないということでもある。

どれだけ無茶なことをしても、絶対に死なない。その事実を何度も体験し、全身に刻《きざ》み込《こ》んだ結果、僕はリミットのオンオフを、自分で切《き》り替《か》えられるようになったんだ。

「――――っ！」

身体中の筋肉《きんにく》と神経がちぎれ、食いしばった歯が折れる。目からは血涙《けつるい》がこぼれ、脳の回路《かいろ》も次々と焼《や》き切れる。

その強烈な負荷を受けて『リセット』がかかる、まさにその瞬間、

「んんんああああああっ！」

無理やり、根性《こんじょう》で、『スイッチ』を入れた。

刹那、全身に力がみなぎり、天井だった物を一気に持《も》ち上《あ》げる。

「あああああああっ！」

そしてそのまま前へと滑り込み、圧殺《あっさつ》を回避。

標的を失った『それ』は、背後で盛大な音を響かせるが、僕は振り返らずに駆け出す。

――突然の出来事に困惑していたし、レオナの真意《しんい》も分からなかったから、迷いもあった。

でも、今は違う。絶対にクリアすると決めた以上、全力を出す！

一歩進むごとに、足元では何かが作動するが、その仕掛けを食らうよりも先に、僕は前へと駆けていった。

背後からは爆発音に破裂音《はれつ》、その他諸々の派手な音が聞こえてくる。自分の家でここまでするのか、と妙に感心しつつも、僕は足を動かし続け、やがて銅像の前までたどり着く。

勢いのまま像《ぞう》の頭に触れると、かすかな手ごたえ。そのままひねってみると、顔の部分が横に向き、同時に、足元から鈍い音が響いた。

続けて銅像は土台《どだい》ごと、僕を乗せたままゆっくり上昇していく。さらには頭上でも音が鳴り、見上げると、天井が真《ま》っ二《ぶた》つに開こうとしていた。

視線誘導のためだけに、置かれていたわけじゃないってことか。

ともあれ、地下エリアはこれで脱出《だっしゅつ》完了。気持ちを集中させるため、僕は小さく息を吐く。

その瞬間、真正面から何本もの矢が降《ふ》り注《そそ》ぎ、

「っと！」

反射的に身を屈めてそれを避けた。

まったく、少しも油断できないな……。

顔を上げ、周囲を見渡すと、目の前にはいかにもメカメカしい光景が広がっていた。

気持ちを張《は》り詰《つ》めたまま、銅像と共に地上《ちじょう》へたどり着き、その動きが止まる前に転がり出る。

電気ノコギリにギロチンの振《ふ》り子《こ》、巨大バーナーにトゲだらけの床と、殺す気満々《まんまん》な仕掛けが部屋中にあふれている。

部屋の向《む》こう側《がわ》の壁には大きなレバーが設置されていて、強い存在感を示していた。あれを引けってことなんだろうけど、そこにたどり着くためには、この数々のトラップを潜り抜けなければならない。でもここから見る限り、そんな『隙』はないように思える。

ノコギリもギロチンも、動く速《はや》さが尋常《じんじょう》じゃないし、バーナーが放つ炎《ほのお》も苛烈だ。どうあがいてもどこかのタイミングで、何かのトラップを食らうことになる。即死クラスのトラップを。

それでいい。それでこそ、臥宮生斗《ふしみやいくと》用《よう》のデスゲームだ。

「行くぞ！」

気合いの声を上げ、僕は駆け出した。

途端、いくつものトラップが襲いかかってくるけど、それら全てを避けることなく、全力で

走り続ける。トラップがここまで密集《みっしゅう》している以上、避けてもムダだ。

だからこそ、まっすぐに進む。

電気ノコギリが両腕を切断し、ギロチンが頭を割る。バーナーが胴体を焼《や》き、トゲだらけの床が足を貫く。僕の五体《ごたい》は即座にバラバラになるが、瞬時に『リセット』がかかり、

「おおおおおっ！」

勢いのまま、レバーの側まで転《ころ》がり込《こ》んだ。

そしてすぐに立ち上がり、レバーに手をかけて、勢いよく下ろす。次の瞬間、目の前の壁がゆっくりと割れて、新たな道が開かれる。

光が差すその方向へ、僕はさらに駆け出した。

2

そこから先も、過酷なゲームは続いた。

灼熱《しゃくねつ》の部屋に極寒《ごっかん》の部屋、電気やレーザーや、爆発まみれの場面等々。

どれもが必殺な瞬間の連続だったけど、僕はそれを全力で攻略し続けた。

その中には、茉莉《まつり》のアドバイスを受けて作られた物や、流夏《るか》の飾り付けが施された物もあったと思う。本当ならもっと時間をかけて、それらの仕掛けを堪能するべきだったんだろう。

けれどもう、その願いは叶わない。僕はただ、無心《むしん》になってひたすら前へと進んだ。

そんな状況の中でも、頭に浮かぶのはレオナのことだ。

なぜ彼女が、こんなことをしたのか。

予定が変わったのは確かだ。じゃあ、いったい何が原因で？

僕はここ数日の、レオナの言動《げんどう》を思い浮かべ、……一つの結論にたどり着く。

彼女への想いを胸に、なおも駆け続け、いくつものトラップを乗《の》り越《こ》え、

「よし」

目の前の扉を開いた。

試練の先に待ち受けていたのは、見慣《みな》れた大広間だ。

視界に飛び込んでくるのは、立たせるように置かれた二《ふた》つの棺桶。

そして、その真正面に佇む一人の女性だ。

「アイシャさん」

名を呼ぶと、彼女は右手を掲げる。その手の中には、小さなスイッチらしき物があった。

「これを押せば、棺桶のロックは解除《かいじょ》されます」

なるほど、『鍵』というのは、あのスイッチのことか。

よく見ると、棺桶の周囲にはいくつもの管《くだ》や、何かの装置らしき物が備え付けられている。

メーターのような物もあり、その数値《すうち》はどちらも『87％』と表示《ひょうじ》されていた。

　あの中に、流夏《るか》と茉莉《まつり》が閉じ込められている。そしてきっと、残された時間はあとわずか。

「スイッチを渡《わた》してください」

　短くそれだけを言って、僕は右手を前に出す。

　しかしアイシャさんは、表情を変えずにこちらを見つめたまま、

「どうぞ、ご自由に」

　あろうことか、そのスイッチを、自分の胸の谷間に差し込んだ。

　……いや、分かってる。彼女の意図は明白だ。

　欲しければ、力ずくで奪えってことだ。

　もちろん、それがどれほど困難なことかも理解している。出会ったときに負っていた傷も、すでに完治《かんち》しているだろう。普段の僕なら、アイシャさんに勝てる可能性はゼロに近い。

　けれど、今の僕は、普段とは違う。そしてそのことを、彼女なら察しているはず。

「関係ありません」

　こちらの心を読んだかのように、アイシャさんは言った。

「私はただ、ご主人様をお守りするだけです」

「……分かりました」

　彼女の言葉に、僕はうなずく。これ以上《いじょう》の会話は必要ない。

　神経を研《と》ぎ澄《す》ませ、全身に力を溜め、

「——えあっ！」

一気に爆発させる。

アイシャさんとの間合《まあ》いを一瞬で詰めると、僕は右腕を突き出した。

胸の間にあるスイッチへ手を伸ばし、

「——」

次の瞬間、彼女の身体は流れるように翻《ひるがえ》り、その手をかわす。

そして勢いのままこちらの右腕をつかむと、僕の動きを利用して、床に引《ひ》き倒《たお》そうとした。

無理に抵抗すれば、余計なダメージを食らう。

だから僕は、あえて自分から身体を倒し、

「うおおおおっ！」

アイシャさんの動きをさらに逆利用して、自身を半《はん》回転させた。

驚きのためか、身体を強張らせた彼女は、背中から床に叩き付けられる。

「か、はっ！」

肺の中にある息を吐き出し、アイシャさんは苦悶の表情を浮かべた。

そんな彼女の鳩尾《みぞおち》へ、僕は全力で右肘《みぎひじ》を振り下ろす。

「っ！」

声も漏らさず、アイシャさんは大きく目を見開き、やがて、全身を弛緩《しかん》させて倒れ伏した。

「――すみません」

自然とそんな言葉が漏れるが、躊躇《ちゅうちょ》している余裕はない。動かなくなった彼女の胸元に手を伸ばし、今度こそスイッチを手に入れると、棺桶に向け、備え付けられているボタンを押した。

刹那、いくつもの電子音《でんし》が鳴り響き、『90％』まで上がっていたメーターは動きを止める。

続いて鈍い音が聞こえ、二つの棺桶が同時に開いて、大量の水があふれ出《だ》した。

中にいた、二人の姿があらわになる。その全身は太い鎖で縛《しば》られていたが、開放《かいほう》と連動《れんどう》して、拘束が一気に解かれ、勢いよく倒れ出た。

「茉莉《まつり》！　流夏《るか》！」

名を呼び、僕はすぐさま駆け寄る。

茉莉《まつり》はぐったりとしているが、呼吸は規則正《きそくただ》しく、危険な様子はない。

一方、流夏《るか》は何度もセキ込《こ》み、その呼吸は激しく乱れていた。

「ゴホッ、ガハッ！」

「る、流夏《るか》……」

「へ、平気さ……。ちょっと、水を、飲《の》んじゃっただけ、だよ……」

ゆっくりと身体を起こし、彼女は苦笑《にがわら》いを浮かべる。

その反応を見て、僕は大きく息を吐いた。

三年前の出来事が、頭をよぎる。あのとき、僕は何もできなかった。

でも……。

「流夏《るか》のこと、今度は守れたのかな？」

「……答える必要があるかい？」

質問に質問で返され、僕もかすかに笑みを浮かべ、首を横に振った。

「それより、生斗《いくと》にはまだ、やることが残ってるだろう？」

そう言って流夏《るか》は立ち上がり、息を整え、僕の胸に拳を当てる。

「早く行きなよ」

「……茉莉《まつり》の介抱《かいほう》を頼む」

「うん」

言葉を交わすと、僕はゆっくりと歩を進めた。

向かう先にいるのは、一人の少女だ。

「——さすがは『不死身の生斗《いくと》』ですね」

鳥かごの中に入った彼女は、こちらに目を向け、口を開く。

「不死者でさえ殺せるようにと、限界まで殺意を高めたゲームを作ったつもりでしたが、それでも止められませんでした。クリアおめでとうございます。あなたの勝ちです」

「……そうか」

「ですが、これで分かったでしょう？　わたしは、あなたの友人《ゆうじん》を殺そうとするような人間です。暗殺一家の当主であり、呪われた血を受け継ぐ人間なんです。そんな人とは、もう、関わるべきではありません。お二人を連れて、さっさとこの家を出ていってください。そして二度と近づかないでください」

　レオナは突《つ》き放《はな》す言い方をして、かすかな笑みさえ浮かべる。

　確かに、彼女の言う通りだ。レオナたちが、二人を危険な目に遭わせたことは間違いない。だけど、僕には分かっている。レオナの態度が、演技であることも。

「嫌だ」

　だから、はっきりと、そう答えた。

「どうしてですか？　わたしは流夏《るか》さんたちを殺そうと――」

「本気で殺すつもりなら、もっと他にやり方があったはずだ。殺人衝動を解消したいだけなら、デスゲームの人質に利用する必要なんてない。ただ普通に、殺せばいいんだから」

　返事も待たずに、僕は続ける。

「同じことはアイシャさんにも言える。彼女は僕の前に立ちふさがったけど、本当に妨害《ぼうがい》するつもりなら、わざわざスイッチを見せたり、説明したりする必要もなかったんだ。もしも僕が、あのスイッチを奪えなかったら、アイシャさん自身がギリギリのタイミングで押して、二人を解放する。そういう予定だったんじゃないのか？」

「そ、それは……」

「つまり、このデスゲームは、誰かを殺すことが目的じゃなかったってことだ。本当の目的は、僕を脅《おど》して彩夢咲《あやめざき》家との関係を絶つこと。そうだよね？」

「……」

レオナは無言でうつむく。反論はない、ということだろう。

もちろん、どうしてそんなことをしたのかという疑問は残る。

しかしそれも、僕の中では答えが出ていた。

「あのノート、だろ？」

その問いに、彼女は肩を震わせる。

「レオナ自身に関する、何か重要《じゅうよう》なことが書かれてたんじゃないのか？　だからこんなことをした。それ以外に思い当たることがないんだ」

「……」

レオナは沈黙を貫いていたが、やがて懐から何かを取り出す。

やはり、と言うべきだろうか。それは、書斎で見つけた、あのノートだった。

「……わたし、悪い子なんです」

ゆっくりとした口調で、彼女は声を漏らす。

「殺人衝動を解消するために、不死者である生斗《いくと》さんを利用するつもりでした。信頼できる方だと思っていたのは本当ですが、打算《ださん》や計算《けいさん》があったことも事実です」

「ん、まあ、最初からそういう話だったからね」

「はい。ですから、ビジネスだと割り切って接《せっ》していたつもりでした。……でも、いつの間にかその気持ちが少しずつ変わってきて、やがて、いつまでもこの関係を続けたくなったんです」

レオナのその言葉に、僕の鼓動が高鳴《たかな》った。

「あ、あの、それって――」

「けれど、あの日」

こちらの声を遮り、彼女は続ける。

「書斎でこのノートを見つけて、ここに書かれていることを目にして、前向きな気持ちなんて吹き飛びました」

そう言ってレオナは、手に持ったノートをカゴの隙間から差し出してきた。

「読んでいい?」

うなずいたのを見て、僕はそれを受け取り、ゆっくりと開く。

あのとき、レオナが読んでいたのは、確か『雑記十六―九』と書かれていたところだ。

僕はページをめくり、目当ての文字を見つけたそのとき、

「前向きな気持ちになんてなれるはずがありません」

彼女は震える声で、言った。

「だって、わたし、自分の両親を殺してるんです」

――――――――

雑記十六―九

死期《しき》が近い、という予感が頭をよぎったとき、あの日のことを思い出した。

あれからもう、十年が経つ。あの人は悪人《あくにん》ではなかったが、善人《ぜんにん》でもなかった。

強いて言うなら、変人《へんじん》だ。倫理よりも、好奇心や私欲《しよく》を優先する人。

だからこそ、自分の命を奪った娘への、最期《さいご》の言葉が、「天才だ」だったのだろう。

正気《しょうき》じゃない。親《おや》バカにも程《ほど》がある。その言葉に共感《きょうかん》した私も、だけど。


あの日の出来事を、レオナは覚えていない。

覚えていたとしても、自分のしたことを正確には理解できていないだろう。

あれ以来、暇があれば一族にまつわる資料を読《よ》み漁《あさ》っているが、長い歴史の中でも、物心がつく前に衝動を発症させた例はないみたいだ。

レオナに稀有な才能があることは間違いない。

当主としては喜ぶべきことだし、その才能を伸ばすべきなのかもしれない。

だけど、私にはその事実に向き合う自信がなかった。

あの日以来、娘を外出させていない。

一度だけ、仕事の都合で一緒に海外へ出かけたけど、でもそれだけだ。

親失格だと思う。娘をどう育てればいいのか、いまだに分からない。

家の事情も伝えてない。できれば何も知らないままでいて欲しいと願っている。

けれど、それは甘《あま》い夢だ。どれだけ隠そうとも『そのとき』が来たら、あの子は自分の身に宿るものと、直面《ちょくめん》することになる。

そのとき、真っ先に殺されるのは私だ。そういう確信はある。

この書斎にも『入るな』と厳《きび》しく言いつけてあるけど、いつかは知られるだろう。

何かあったときのことは、全てアイシャに任せてある。

もうすぐレオナの誕生日《たんじょうび》だ。

もしもその日を無事に迎えることができたなら、そのときは、全てを打《う》ち明《あ》けよう。

――――――――――――

第七章

1

「──わたしには父《ちち》の記憶がありません。物心つく前に死んだ、とは聞かされてましたけど、その詳しい事情までは教えてもらえませんでした。でも、それも当然ですよね。わたし自身が殺したのですから。そんなこと、言えるはずがありません」

ぽつぽつと、小さな声で、レオナは告げる。

「それだけじゃありません。このノートをアイシャに見せて問い詰めたら、白状してくれました。母を殺したのもわたしだって」

それは、僕も知っている。けど、そうか。父親も、なのか。

「生斗《いくと》さんと一緒なら、前向きに生きていける。そう思っていました。でも、わたしは自分の両親さえ殺すような人間なんです。いつかきっと、生斗《いくと》さんとの約束も破って、誰かを殺してしまう。では、そうならないためにはどうすればいいのか。これ以上、他人と関わらなければいいいんです」

彼女は顔を上げ、自虐気味に笑う。

「だからアイシャと話し合って、今回のゲームを決行《けっこう》しました。生斗《いくと》さんに嫌われてしまえば、作戦《さくせん》は成功。でも、やはり上手くいかないものですね。急な予定変更だったので、娯楽性に気を配《くば》る余裕もありませんでしたし」

「……殺人衝動は？　あの日からずっと、解消できてないんだよね？」

「それは……、はい、大丈夫です。わたしが我慢《がまん》すればいいだけのことですから」

と、レオナはわずかに身をよじらせた。その両腕にはいくつもの擦過傷《さっかしょう》があり、見ているだけで痛々《いたいた》しさを感じる。もしかしたらそれは、腕だけじゃないのかもしれない。

「とにかく、生斗《いくと》さんとの契約は、これで打ち切りです。色々とご迷惑をおかけしましたが、もう、わたしには関わらないでください」

「——嫌だって言っただろ」

平静を装うような彼女に対して、僕は手渡されたノートを突《つ》き返《かえ》した。

そして、空いた両手でカゴの格子《こうし》に手をかける。

「い、生斗《いくと》さん？」

戸惑う彼女に構わず、僕は両手に力を込め、

「んあああああああっ！」

強引に、鳥かごをこじ開《あ》けた。

目を丸くするレオナを、僕はまっすぐに見つめる。

「ご両親を殺したのは、君じゃない。君の中にある、呪いだ」

「えっ」

「自分の意思でやったことじゃないし、そのときの記憶すらないんだろ？　だったらそれは、事故だ。不運《ふうん》で不幸な事故が起きただけなんだ。そのことで罪《つみ》を受けるべき者《もの》がいるとしたら、それはレオナじゃない。レオナに呪いをかけた奴だよ」

「で、でも――」

「もしかしたらご先祖様は、望んでその呪いを引き受けたのかもしれない。でも、その責任をレオナが負う必要はないよ。君は悪くない。何も悪くないんだ」

はっきりと、断定するように、僕は想いを伝える。

「それでもレオナが、自分自身を許せないのなら、僕が許す。世界中の誰もが許さなくても、僕だけは許す。それじゃあ、ダメかな？」

「……どうして」

レオナは顔を伏せ、か細い声でつぶやいた。

「どうして生斗《いくと》さんは、そんなにもわたしのことを、考えてくれるんですか？」

「言っただろ。僕は君の、特別になりたいんだって。……レオナは僕のことを、どう思ってる？　迷惑かな？」

「そ、そんなこと！　そんなこと、ありません！　あるわけないじゃないですか！」

弾《はじ》けるように彼女は叫び、何度も首を横に振る。

「……いいんでしょうか。両親だけでなく、色んな人を巻き込んで、迷惑をかけました。それでもわたしは、許されるんでしょうか？」

「そう、だね。流夏《るか》たちには、ちゃんと説明して、謝らなきゃいけないと思う。でも、きっと許してくれるさ。だよな？」

尋ねると同時に、僕は振り向く。視線の先にあるのは、幼馴染の姿だ。

「参ったね。これで『許さない』って言ったら、こっちが悪いみたいじゃないか」

流夏《るか》は肩をすくめつつも、笑みを浮かべてこちらに近づいてくる。

「でもまあ、こうしてちゃんと生きてるんだから、特に何も言うことはないよ。それにもしもまた、死にそうな目に遭ったとしても、生斗《いくと》が助けてくれるだろうしね？」

「ああ、もちろんさ。デスゲームだって、また最初から作り直せばいいんだ。テストプレイが必要なら、いくらでも付き合うし、いくらでも殺されてみせるよ」

僕の言葉が、どれだけ届いたのかは分からない。

「——はい」

それでもレオナは、静かな声と共に、足を踏み出した。

「自分のことを許せるかどうかは、まだ分かりません」

鳥かごから姿を現し、彼女はまっすぐにこちらを見つめる。

「でも、わたしを許すと言ってくれた生斗《いくと》さんのことを、信じてみます」

そう言って、彼女はにっこりと微笑んだ。

その笑顔はとても朗らかで、周囲には和やかな空気が流れる。

「！」

——しかし次の瞬間、レオナの表情は凍《こお》り付《つ》く。

そしてすぐに、その顔が苦痛に歪んだ。

「ん、あ、ああ、ううんっ……！」

叫びと共に、彼女は身をよじらせる。

その反応を見て、僕はすぐに悟《さと》った。

殺人衝動の暴走。

「あ、ああ、はぅ、あああああっ！」

その悲痛なうめきに、胸が締め付けられる。全身を小刻みに震わせる彼女に向かって、僕は手を伸ばした。

「レオナ様！」

その刹那、身体が宙を舞い、背中から叩き付けられる。

「ん、う……」

痛みに顔をしかめつつ、見上げると、そこにはレオナの両肩を支えるアイシャさんの姿があった。どうやら彼女に投げ飛ばされたようだ。

「もう、見てられません！」

アイシャさんは眉をひそめ、その瞳は揺らいでいる。口元は震え、頬も強張っていた。普段とは違って、冷静さの欠片もない表情だ。

彼女は懐に手を入れると、そこから何かを取り出して、言った。

「私を殺してください！」

アイシャさんが取り出した物。それは、一本のナイフだった。

「これで私を殺して、衝動を解消してください。そしてその記憶を、感覚を、しっかりとその身に刻《きざ》んでください」

「アイシャさん、いったい、何を……」

驚く僕を無視して、彼女はそのナイフをレオナに手渡す。

「やはり、計画には無理があったのです。このような日々が続けば、きっとあなたの心が壊れてしまう。そうなれば、私は先代様に顔向《かおむ》けができません。それに何より、私自身が、そんな未来を迎えたくありません」

「ア、アイ、シャ……」

途切《とぎ》れがちに声を漏らし、レオナは顔を上げた。そして、手渡された物をじっと見つめる。

「……そう、それです。それで私を刺して、苦しみから解《と》き放《はな》たれてください。ためらう必要などありません。心の赴《おもむ》くままに生きてください」

アイシャさんはこちらに目を向けると、かすかに笑みを浮かべた。

「生斗《いくと》様、後のことは全てお任せします。これが、私にできる最後のご奉仕《ほうし》です」

彼女は視線をレオナに戻し、その両目をゆっくりと閉じる。

まずい！

慌てて立ち上がる僕の前で、レオナはゆっくりと両腕を掲げた。

「そ、そん……」

彼女は全身を震わせ、握る手に力を込め、

「そんな、こと……！」

ありったけの想いを乗せて、叫ぶ。

「できるわけ、ないじゃない！」

手に持ったナイフを投《な》げ捨《す》てて、レオナは身をよじらせた。そんな彼女を、アイシャさんは茫然と見つめる。

「ん、んん、んあ、ふあああああっ！」

「レオナ！」

背中をのけ反らせるレオナの側へ、僕は駆け寄り、その名を呼んだ。

「さあ、僕を――」

「生斗《いくと》、さん……！」

『殺すんだ』と続くはずだった言葉は、彼女の声に遮られる。

「手を、握って、ください……」

思わぬ申し出に、僕はわずかに目を見開いたが、

「――分かった」

すぐにうなずき、彼女の小さな手を握った。

余計な問いは必要はない。僕はただ、レオナの望みに応えるだけだ。

「アイシャさんも」

さらに空いた手で、放心《ほうしん》していたアイシャさんの手を取る。

「えっ、あっ」

驚く彼女の手を、強引にレオナの上に乗せると、

「……はい」

表情を引き締め、うなずいてくれた。

「ん、んん！」

三人の手が重なったとき、レオナは固く目を閉じる。

「あ、ああ、あああっ！」

彼女は僕たちの手を強く握り返し、頬を真っ赤に染めた。

「ふぁ、ああっ、ああああうううううんんっ！」

レオナは心の底から、声を絞《しぼ》り出《だ》す。

そのとき、彼女の全身から光が弾け、周囲に輝きをもたらした。

しかしそれも刹那のこと。次の瞬間に光は消え、レオナはその場にへたり込《こ》む。

「はあ、はあ……」

彼女は全身からびっしょりと汗を流し、荒い息を吐いている。けれど、さっきまでのような震えは収まっていて、その表情にも穏やかさが戻っていた。

「……もしかして、抑え込んだのか？　暴走していた衝動を」

僕のつぶやきに、アイシャさんは目を丸くし、レオナをまじまじと見つめる。

「そんな、まさか……」

その顔には驚きの色が浮かんでいるが、しかし彼女とは対照的《たいしょうてき》に、僕は自分のつぶやきを、心の中では素直に受け止めていた。

彩夢咲《あやめざき》レオナは、暗殺の天才だ。一族の歴史の中でも突出《とっしゅつ》した才能の持ち主で、しかしその代償として、大きすぎる殺人衝動も背負うことになった、という話だった。

その衝動はあまりにも大きくて、一人では制御しきれないものだと、僕たちは思っていた。

でも、そうじゃなかった。

その大きな衝動を、制御できるほどの才能も、彼女は持っていたんだ。

「あ、ありがとう、ございます……。お二人が、さ、支えてくれた、おかげです……」

息を整えながら、レオナは微笑む。

「……ううん。レオナには確かにレオナ自身が、がんばったからだよ」

レオナには確かに才能があるんだろう。だけど、それだけじゃない。

困難を乗り越えようと努力したからこそ、今のこの結果があるんだと思う。

「アイシャ」

と、彼女はその視線を、アイシャさんへと向けた。

「久しぶりに、名前で呼んでくれましたね」

「……申し訳ありません」

「ううん、違うの。嬉しかったんです。でも、やることが無茶苦茶《むちゃくちゃ》よ。わたしが、アイシャを
殺せるはずないじゃない」

「……申し訳ありません」

さっきと同じ言葉を述べ、アイシャさんはうなだれる。

「私は、メイド失格ですね。ご主人様のことを、その才能を、信じ切れなかったのですから。

無理だと決めつけ、職務《しょくむ》を放棄して、安易《あんい》な道を選ぼうとしました」

ゆっくりと、言葉を紡ぎながら、彼女は首を横に振った。

「解雇《かいこ》してください。私にはもうこれ以上、この仕事を続けることができません」

うつむくアイシャさんを、レオナはじっと見つめていたが、

「……分かりました」

はっきりと、そう告げる。

「ただし、条件があります」

と、彼女は言葉を続け、重ねていた手をゆっくりと放す。

「辞《や》めてもいいです。でも、辞めるかわりに……」

そして姿勢を正し、真剣な眼差しで、言った。

「わたしの、お姉《ねえ》ちゃんになってください」

「――えっ？」

思わぬ言葉に、アイシャさんは顔を上げ、レオナを見つめる。

「ずっと、思ってました。アイシャのこと、お姉ちゃんみたいだって。実際に、そうなれたらいいなって」

照れた笑みを浮かべて、レオナは見つめ返す。

「血のつながりも、家業も、関係ありません。わたしはアイシャと、家族になりたいんです」

「っ！」

まっすぐに顔を覗き込まれたアイシャさんは、その頬を真っ赤に染めた。

「ダメ、ですか？」

「……私も」

震える唇《くちびる》から、アイシャさんは声を漏らす。

「私もずっと、同じことを思ってました」

縁無し眼鏡を押し上げ、彼女は言った。

「これからは、レオナと呼んでいい？」

「うん、お姉ちゃん」

二人は見つめ合い、同時に笑みを浮かべる。

その穏やかな空気が心地《ここち》よくて、僕も自然と口元をほころばせた。


「いやー、すごいね。感心、感心」


──その空気は、背後から届いた声に破られる。

「まさかあの暴走を、自力《じりき》で抑え込むなんて、あたしも思ってなかったよー」

声の主は、いつものように無邪気な顔で、こちらに近づいてきた。

「さすがは彩夢《あやめ》咲《ざき》レオナ、だね。じゃあ、そこから一歩踏み込んで考えてみようか」

「ま、茉莉《まつり》？」

名を呼ぶと、時雨茉莉《しぐれまつり》は人差し指を立てて僕たちを見回す。

「なぜ暴走が起きたのか。その原因は？」

……沈黙が訪れた。

僕だけじゃなく、レオナとアイシャさんも、目を丸くして茉莉《まつり》を見つめている。

突然の事態に、頭が追いつかないんだ。

「余計なことは考えなくていいよ。あたしの問いに答えてくれればいいだけ」

「ん……」

戸惑いは隠せないが、言われた通りに思考を巡らせる。

少し前にも僕は、衝動の暴走について考えたことがあった。そのときに思ったのは、『共通点がある』ということだったんだよな。

かつてアイシャさんに指摘されたように、『僕と接しているから』という点は外せない。けど、今はあえて、それ以外の可能性も考慮してみた方がいいのだろう。

レオナが暴走したのは、これで三度目だ。その三回のうち、共通していたことは何か。

僕は記憶を手繰り寄せ、……一つの結論にたどり着く。

僕だけじゃない。合計《ごうけい》三回の暴走時に、共通して、そこにいた人。

「茉莉《まつり》、お前なのか？」

「正解。よくできました！」

彩夢咲《あやめざき》家に招いたとき。ファミレスで同席したとき。そして、今日。

その全ての瞬間に、茉莉《まつり》は近くにいたんだ。

「一応言っておくけど、意図的にやったわけじゃないよ。たぶん、あたしの側にいると、影響を受けて、勝手に暴走しちゃうんだろうね」

明るい表情で語る茉莉《まつり》を、僕はまじまじと見つめる。

「『どうして？』と思ってるんだろうけど、でも、心の中では、もう分かってるんじゃない？」

こちらに目を向け、茉莉《まつり》はあっさり言った。

「だって、全部あたしが原因だから」と。

2

「もっとはっきり言った方がいいかな？　あたし、人間じゃないんだ」

よどみなく語られる言葉を、僕たちはただ黙って聞き入っている。

「悪魔や神様、その他、色んな呼び方があると思うけど、いわゆる超《ちょう》常的な存在ってやつが、あたしなんだ。まあ、そのあたりはどうでもいいんだけど、今は時雨茉莉《しぐれまつり》と名乗《なの》ってるから、その名前で呼んでくれればいいよ」

肩をすくめ、茉莉《まつり》は続ける。

「とにかく、彩夢咲《あやめざき》家もイクトも、あたしと『契約』を交わしたってことさ。その両者《りようしや》が協力して、一つの目的に向かって進むことになった、ということで、静かに見守っていたんだけど、いやー、やっぱり人間って面白いね」

親指を立て、口元に笑みを浮かべる彼女を、僕は静かに見つめた。

にわかには信じがたい話だ。友人だと思っていた奴が、実は僕を不死者にした張本人《ちようほんにん》で、しかもそいつは、彩夢咲《あやめざき》家にも暗殺の才能を与えた？　冗談にしては笑えないし、本当だとしたら、もっと笑えない。

けれど、茉莉《まつり》がウソをついてるとは思えない。こんなときに、冗談を言うような奴でもない。

「まあ、論《ろん》より証拠か」

こちらの反応を見て、茉莉《まつり》は人差し指を立てた。

「奇跡が起こり得ると知っている人には、分かりやすい超常現象《じようげんしよう》を見せるのが一番だよね」

彼女はその人差し指を軽く曲げ、

「っ！」

次の瞬間、僕の全身が固まった。

言葉を発することができず、まばたきもできない。『スイッチ』が入った状態なのに、指一本動かせない。

「身体の自由を奪うのが、『不死身の生斗《いくと》』対策の基本だよね」

言いつつ、彼女は空いた手をレオナたちに向ける。

するとニ人は僕と同じように、その場で固まった。

「これで信じてくれたかな？　って、しゃべれないままだと返事も聞けないか」

茉莉《まつり》が少しだけ首を傾げると、途端に胸の辺りが軽くなり、

「ゴ、ガハッ！」

僕は大きく息を吸い込み、セキ込んだ。近くからは、レオナたちのむせる声も聞こえてくる。

「ま、茉莉《まつり》……」

依然《いぜん》として身体の自由は奪われたままだが、それでも僕は、友人の名を呼んだ。

「お、教えてくれ……。なぜ、正体《しょうたい》を明かしたんだ……？」

茉莉《まつり》はただの人間じゃない。それはもう、信じるしかない。

ということは、今までは人間を装って僕たちと接していたことになる。その目的はともかく、試み自体は成功していたはずだ。それなのになぜ、わざわざ自分から『種明《たねあ》かし』をしたんだ？

「うーん。気まぐれ、かな？　なんだか楽しくなってきて、つい、ね。今回のこの結末《けつまつ》に感動《かんどう》したってことを、伝えずにはいられなかったんだよ、肝心の、デスゲームの内容自体は、赤点《あかてん》だけどさ」

朗らかな笑みを浮かべて、茉莉《まつり》は言った。

「対不死者用のデスゲームとなると、どうしても即死要素は強くなるし、攻略する側も、ゴリ

押《お》しになっちゃうのは仕方ない。お互いにベストは尽くせていたと思うよ。ただ、それを見ている側が面白いかどうかは、また別の話だよね。あたしもアドバイス不足だったな、と反省《はんせい》はしてるんだけど」

「……何が、目的？」

淡々と語る茉莉《まつり》に、アイシャさんが問いかける。

「あなたは、何をしたかったのですか？」

「だから、言ったでしょ。気まぐれだって。ただの余興《よきょう》というか、お遊びというか……。この手の話ではよくある、あれだよ。深い意味なんてないんだ」

「……そんな、単純な理由で？」

「そんなもん、そんなもんだよ。あと、これも一応言っておくけど、全てあたしが仕組んだとか、真《しん》の黒幕だとか、そういうのもないからね。あたしはただ、成《な》り行《ゆ》きを見守っていただけ。ともあれ、いい暇つぶしになったし、全体としては満足だよ」

そう言って茉莉《まつり》は、天井を見上げる。そして大きく手を広げ、満足げに微笑んだ。

――気持ちの整理が追いつかない。

僕にとって、茉莉《まつり》は友達で、一緒に飯を食う仲間《なかま》だった。でもあいつにとっては、そうじゃなかったんだろうか。お店で会うのも偶然じゃなく、仕組まれたものだった？　契約者である僕を、監視《かんし》していたということか？

「茉莉《まつり》」

思わず名を呼ぶと、あいつは不意に動きを止め、表情を消《け》した。

こちらの言葉が届いた――、わけじゃない。

茉莉《まつり》が振り返った、視線のその先に、一人の人物が立っていたからだ。

「ずっと、疑ってたんだよ」

そこにいたのは、僕の幼馴染である、月島流夏《つきしまるか》だ。

「ファミレスで顔を合わせたときも、不審な仕草はあった。生斗《いくと》からも、たまに話を聞いていたし、『もしかして』とは思っていたんだけど、まさかビンゴだったとはね」

「……えっと、話は終わったつもりなんだけど」

茉莉《まつり》は軽く首を傾げ、流夏《るか》を見つめる。

「わざわざ相手をする必要もないから、放っておいたんだけど、ひょっとして、あたしと張《は》り合《あ》うつもりなのかな？　不死者でも暗殺者でもない、ただの人間が？」

「ああ、そうさ。私はどこにでもいる、ただの人間さ。ただの人間で、ただの高校生で、ただのオカルトマニアだよ」

そう言って流夏《るか》は懐に手を入れ、何かを取り出した。

「それでもね、多少の無理をすれば、『本物』を手に入れることはできるのさ！」

「――は？」

『それ』を見て、茉莉《まつり》は驚きの声を漏らす。

流夏《るか》の手に握られていたのは、小さなアクセサリだ。

十字《じゆうじ》の模様《もよう》が描《えが》かれた、丸いタリスマン。どこにでも売ってそうな、平凡《へいぼん》なアクセサリのようだが、しかしよく見るとその中央には、特別な意匠《いしょう》が施されている。

何か別の、金属の欠片が埋め込まれているんだ。

原型《げんけい》も分からないほどの、小さな物だけど、

「なぜ、ここに、聖釘《せいてい》の欠片が……？」

それを見た茉莉《まつり》の顔には、焦りと戸惑いの色が浮かんでいる。

「この三年間《ねんかん》、ずっと探し続けていたのさ。いつか、君と対峙《たいじ》するときのために」

言いつつ、流夏《るか》は一歩、足を踏み出した。

「手に入れたのはつい最近。裏ルートを辿《たど》りまくって、ようやく見つけた物なんだけど、その反応を見る限り、『当たり』だったってことだね」

「や、やめろ」

茉莉《まつり》は慌てて指を向ける。しかし、流夏《るか》の歩《あゆ》みは止まらない。

僕たちの自由を奪っている、あの力が、通用しないんだ。

「神秘には神秘を。奇跡には奇跡を。それが、私の選んだやり方さ！」

流夏《るか》は茉莉《まつり》の目の前に、タリスマンを突き付ける。

その瞬間、茉莉《まつり》は背中をのけ反らせ、同時に、彼女の身体から突風《とっぷう》が生まれた。

「く、あ、あああああっ！」

茉莉《まつり》の苦しみを体現《たいげん》するかのように、その風《かぜ》は暴れ狂い、周囲に広がる。

暴風《ぼうふう》に煽《あお》られ、流夏《るか》の前髪が大きくはだけ、濁りのないまっすぐな瞳があらわになった。

「三年振りの再会に、まずは感謝したい。いつか必ず、私たちの前に現れると信じていたよ」

「ん、ふあっ、うあああっ、ぐぅ……！　や、やめ、やめて……！」

「いいや、やめないね。君が生斗《いくと》の呪いを解くまでは」

「えっ」

茫然と事態を見守っていた僕は、唐突に名を呼ばれ、声を漏らす。

「時雨茉莉《しぐれまつり》……。あのときは命を救ってくれてありがとう。そのことには本当に、心から感謝している。でも、もういいだろう？」

流夏《るか》はこちらに顔を向け、眉をひそめた。

「これ以上、生斗《いくと》の苦しむところは見たくないんだよ」

「る、流夏《るか》……」

「ずっと、悔《く》やんでいたんだ。私のせいで、生斗《いくと》の人生を変えてしまったことを。あのとき、足を滑らせなければ……。はしゃいで、走り回ったりしなければ……。そんな『もしも』を何度も思い浮かべたよ。でも、だからこそ決めたのさ。取り戻そうって。私にはその責任があるし、それが一番の償《つぐな》いになると思ったんだ」

茉莉《まつり》に視線を戻し、流夏《るか》はタリスマンをさらに近づける。

「ん、あ、あああああああっ！」

「君に『見られてる』という可能性は、ずっと考慮していたよ。だから道化《どうけ》に徹《てつ》して、浅《あさ》はかなオカルトマニアを演《えん》じ、機をうかがっていたのさ。……これ以上の説明は、必要ないよね。分かったら、さっさと生斗《いくと》の呪いを解くんだ！」

流夏《るか》の叫びが、大広間に響き渡る。

その目の前では、茉莉《まつり》が身悶《みもだ》えし、悲痛な声を漏らしていた。

「――流夏《るか》」

そんな二人を見つめながら、僕はもう一度、名を呼ぶ。

話についていけない部分はたくさんある。現状を理解できているとは言い難《にく》い。

分かるのは、流夏《るか》が今まで、一人で戦《たたか》っていたということだ。

その苦労を思うと、胸が締め付けられる。

それでも僕は、言わずにはいられなかった。

「頼む、やめてくれ」

流夏《るか》は無言で、こちらに目を向ける。

「これ以上、僕が苦しむところを見たくない。そう言ってくれたよな？」

「……うん」

「同じだよ。茉莉《まつり》が苦しむところを、これ以上見たくない。だから、やめてくれ」

「でも、でも……」

「頼む」

「……」

重ねて告げると、流夏《るか》は天井を見上げた。

「……後悔しない?」

「しない」

「こんな機会が、二度と訪れなくても?」

「ああ、構わない」

「……もう、知らないからね」

口をへの字に曲げると、彼女はゆっくり、タリスマンを懐に仕舞い込む。

途端、茉莉《まつり》の身体が弾け、その場にうずくまった。

「はあ、はあ、う、あ、はあ……っ!」

「茉莉《まつり》」

荒い息を吐く彼女へ、僕は声をかける。

「動けるようにしてくれないか?」

「ん、あ、ああ、そう、だね……。ここで突っぱねるほど、あたしもバカじゃないよ」

その言葉と共に、僕たちの身体は拘束を解かれ、同時に床へ倒れ込んだ。

「……茉莉《まつり》」

僕は手足をさすりつつ、ゆっくりと立ち上がる。

「色々置いといて、確認だ。僕を、元に戻せるのか？」

「う、うん。まあ、やろうと思えば」

「……そうか」

しょぼくれた表情を作る茉莉《まつり》を見下《みお》ろしつつ、僕は大きく息を吐いた。

「ご、ごめんな、イクト。イクトたちが、どう思ってるかなんて、あんまり考えてなかったからさ……。あたしはただ、楽しいことをしたかっただけで……。でも、そんなのイイワケだな。本当にごめん。イクトとの『契約』を解除するよ」

目に涙を浮かべ、彼女は人差し指を立てる。その指を動かした瞬間、僕はただの人間に戻れるのだろう。

だから僕は、はっきりと言った。

「いや、このままでいい」

「……へっ？」

目を丸くする茉莉《まつり》たちを脇目に、僕は続ける。

「そんな力があるのなら、僕よりも、レオナを優先して欲しいんだ」

レオナの方へと振り向き、彼女をまっすぐに見つめた。

「彩夢咲《あやめざき》家のご先祖様は、自らの意思で『契約』したのかもしれない。おそらく、『副作用』も承知の上で、受《う》け入《い》れたんだとは思う。……でも、レオナは違うだろ」

拳を握りしめ、小さく首を振る。

「ご先祖様が、何をどう考えていたのかなんて分からない。もしかしたら、僕なんかには想像もできないような、厳しい決断を迫られていたのかもしれない。けれど、だからといってその代償を、レオナが払わなきゃいけない道理《どうり》はないよ。そんなのは、あまりにも理不尽《りふじん》だ」

「……だから、解除するべきだ、ということ？」

「ああ、そうだ。僕はこのままでいいから、レオナを救って欲しい」

言いつつ、『その結果』がどうなるのかも、理解はしていた。

レオナの呪いがなくなれば、『不死身の生斗《いくと》』は用済《ず》みだ。不死者を殺し続けなくていいし、当然、デスゲームを開催する必要だってないのだから。

でも、それでもいい。臥宮生斗《ふしみやいくと》という存在が、レオナにとっての特別じゃなくなっても、それで彼女が救われるのなら、僕は満足だ。

その想いを伝えるため、僕はレオナに視線を向け、

「嫌です」

ばっさりと切り捨てられた。

「……へっ、あ、あれ？」

「勝手にわたしを巻き込まないでください」

「う、あ、はい、ごめん。でも、僕は、良《よ》かれと思って――」

「分かってます。今のは冗談です」

焦る僕を見て、レオナは微笑みを浮かべる。

「でも、『嫌だ』という気持ちに変わりはありません。わたしよりも、生斗《いくと》さんの呪いを解いて欲しいですから」

「えっ」

「確かにわたしはこの呪いに苦しめられています。そのことを否定するつもりはありません。けれど、それはわたしだけじゃない。程度の差はあれ、一族全ての人が、経験してきたことなんです」

軽く頭を振り、彼女は自分の両手を見つめた。

「……わたしは暗殺稼業を廃業するつもりでいます。しかしそれは、あくまでも、わたし自身の決断です。彩夢咲《あやめざき》家の紡いできた日々を、否定するつもりはありません。たとえそれが、血《ち》塗《ぬ》られた歴史だとしても」

僕に目を向け、レオナは再び微笑む。

「だって、その末に生まれたのが、このわたしなのですから。彩夢咲《あやめざき》レオナとして生を受けたからこそ、アイシャとも、……生斗《いくと》さんたちとも出会えたのですから」

彼女の瞳には、固い決意の色が浮かんでいた。その想いは、もはや揺るがないように見える。

けれど、それはこちらも同じだ。

「レオナの気持ちは分かったよ。でもそれじゃあ、衝動を解消できないんじゃないか？」

僕がただの人間に戻ったら、当初からの計画は完全に破綻《はたん》する。

「それも承知の上です。ですが、わたしのことを気にする必要はありません。生斗《いくと》さんにとっては、千載一遇《せんざいいちぐう》の機会なのです。今を逃す手はないでしょう」

「……それはレオナも同じだろ？　僕のことは考えなくていいから」

「いいえ、譲りません。生斗《いくと》さんが呪いを解いてください」

「ダメだ、レオナが」

「いえ、生斗《いくと》さんが」

「レオナが」

「生斗《いくと》さんが」

「ええい、うるさ――――――い！　このバカップルが！」

口論《こうろん》に発展しかけた僕たちの間に、茉莉《まつり》の叫びが割り込んできた。

「ああ、もう、面倒くさいな！　あたしは面倒くさいことが嫌いなんだ！」

　そう言って彼女は、僕とレオナに両方《りょうほう》の手で指《さ》を指す。

「どっちかで悩んでるのなら、どっちもだ！　後のことは、知らない！」

　言葉と共に光が弾け、僕たちを包《つつ》み込《こ》んだ。

　しかしそれも一瞬のこと。光はすぐに消え、僕とレオナは思わず顔を見合わせる。

「これでイクトたちは、ただの人間だ！　イクトは死んだら普通に死ぬし、レオナにはもう、暗殺の才能なんて残ってない！　当然、殺人衝動も！」

　両手を腰に当て、茉莉《まつり》は頬を膨らませた。

「まったく、あたしはただ楽しく過ごしたかっただけなのにさ。もう、知らない。このお話《はなし》はこれでおしまい。ここから先には何もないよ。不死者も暗殺者もデスゲームもない。特別な力なんて持ってない、普通の人たちの、普通の日常があるだけ。あー、つまらない、つまらない」

　ぶつくさと言葉を漏らし、彼女はこちらを見つめる。

「とにかく、あたしとイクトたちとの『つながり』は、完全に切れたから。本当にもう、これでお別れだよ」

「えっ」

　不意に出てきた単語に、僕は目を丸くする。

「あたしに関する記憶も、みんなの頭の中から少しずつ消えていくと思う。人によって、程度の差はあるかもね。関わりの薄かった人から順番《じゅんばん》に、とか、なんか、そういうの」

茉莉《まつり》は面倒くさそうに首を振ると、大きなため息をついた。

「……これまでも、これからも、ただの時雨茉莉《しぐれまつり》として過ごすこともできたけど、こうなった以上は仕方がないか。自業自得《じごうじとく》ってやつさ」

そう言って彼女は、ゆるやかに右手を掲げる。

「じゃあね」

「茉莉《まつり》！」

そんな彼女に向かって、僕は叫んだ。

言いたいことはたくさんある。聞きたいこと、教えて欲しいこと、彼女自身《かのじょじしん》に語ってもらいたいことは、数えきれないくらいある。

けれど、僕が言うべきことは、一つだけだ。

「また一緒に、カツ丼でも食おうな！」

「……イクトのおごりならな！」

茉莉《まつり》は弾けるような笑顔を見せ、――次の瞬間、その姿は完全に消え失《き》せていた。

残された僕たちは、彼女がいた場所を静かに見つめる。

きっとまだ誰も、全てを理解できてはいないと思う。

それでもみんなが、実感していたはずだ。

一つの物語《ものがたり》が、終わったんだ、と。

終章《しゅうしょう》

「おはよう、生斗《いくと》！」

自宅《じたく》を出てすぐに、幼馴染と『遭遇』した。

「……おはよう」

通学路《ろ》を並んで歩きつつ、僕はまじまじと彼女を見つめる。

「どうしたの？　もしかして、私に見惚れてる？」

「ああ、うん。い、いや、そうじゃなくて……、驚いてるんだ」

だって、流夏《るか》は今、ごく普通の高校生らしい格好をしているから。

髪を上げ、素顔を晒《さら》し、アクセサリの類も身に付けていない。

「どうしたんだ？」

率直に尋ねると、彼女は満足げに微笑んだ。

「だって、もう、偽装《ぎそう》する必要なんてないんだもん」

「――偽装、か。そうか、そうだったんだよな」

「もちろん、『この三年間』を否定するつもりはないわ。知識や経験、その他全てのことが、私を形作《かたちづく》ってるんだから。奇跡が起こり得ることも知ってる。そのおかげで、今も生きていられるんだしね」

軽快に答えつつ、流夏《るか》は軽く目を伏せる。

「……でも、思ったの。もう一度、生斗《いくと》の前で、ありのままの自分を見せてみたいなって」

その言葉に、僕の鼓動が高鳴った。

「え、えっと、それって、どういう――」

「あー、なんか、ダメだね！」

こちらの言葉が終わる前に、彼女は天《てん》を仰《あお》ぐ。

「あの頃はどういう話し方をしていたのか、忘れちゃった！　でも、そういうものだよね。私も生斗《いくと》も、変わっていく。今の私たちは、三年前とは違う。それでいいと思う」

一人で納得すると、流夏《るか》は僕の肩に手を置いて、小さくうなずいた。

「がんばれ」

「な、何を？」

「分かってないのなら、いい」

「……いや、分かってるよ」

「うん、だよね」

彼女は僕の背中を叩くと、早足で駆け出した。

「学校、先に行ってるから！」

手を振る流夏《るか》に、小さくうなずき返す。

その後ろ姿がまぶしくて、僕は彼女の背中が消えるまで、ずっと見送っていた。


その日はずっと、『あいつ』のことばかりを考えていた。

もうちゃんと名前も思い出せない、友人のことだ。

あのときのあいつには、二つの選択肢《せんたくし》があったはずだ。

名乗《なの》り出《で》るか、黙っているか。

もしもあいつがあのとき、何も言わなければ、僕たちの関係は今も続いていただろう。晩飯時に会って、一緒に飯を食う。そういう毎日が続いていたと思う。

しかしあいつは名乗り出て、結果、僕たちの前から姿を消すことになった。その『結末』は、あいつにとって不本意《ふほんい》なものだったと受け止めることはできる。選択肢を間違えたんだ、と。

でも、果たしてそうなのだろうか。

根拠なんてない。それでも、もしかしたら、と思うんだ。

『ここまで全て』が、あいつのシナリオ通りだったんじゃないか、と。

——流夏《るか》にタリスマンを向けられたとき、あいつはとても苦しそうだった。

あのタリスマンがなければ、あいつを追い詰めることはできなかっただろう。

でも、あのときあいつは、本当に苦しんでいたのだろうか？

僕だって、いわゆるオカルト関連《かんれん》の知識を漁《あさ》ったことはある。だから、流夏《るか》がこの三年間でどれだけ探求《たんきゅう》し、努力し続けてきたのかも、想像することならできる。

それでも、一介の高校生が、欠片とはいえ聖遺物《いぶつ》を手に入れることなんて、可能だとは思えないんだ。

あれは本物だったんだろうか？　いや、そもそも本物だったとしても、あいつを苦しめることなんてできるのか？

その真相《しんそう》は、きっと分からない。もしかしたら流夏《るか》も、『そのこと』には気付いているのかもしれないけど、僕とその話題を交わすことはないだろう。

仮に僕の想像が真実だとしても、あいつがなぜ『この結末』へ導いたのかも不明のままだ。

何を考えていたのかなんて、あいつ自身《じしん》にしか分からない。

それでも、結果的に、僕たちの『契約』が解除されたことは確かだ。

今はただ、その事実を事実のまま受け止めるしかない。

いずれにせよ、そんな疑問も遠くないうちに、頭の中から消えていくのだろう。そのことが寂しかった。たとえどんな意図があったにせよ、あいつと過ごした時間は、僕にとっては温かいものだったから。

……そうして、何事もなく放課後を迎え、僕は校門を出る。

「お待ちしていました」

そこで、メイド服の女性に声をかけられた。

「さあ、参りましょう」

必要な言葉だけを述べると、アイシャさんは僕の前をさくさくと歩いていく。

「メイドは辞めたんじゃないんですか？」

その後に続きながら、声をかける。

「これは私服《しふく》ですので、お気になさらず。コスプレをしている、とでも思っていてください」

「は、はあ。私服までメイド服なんですか」

「有能メイドとは、そういうものです。もちろん職《しょく》を辞《じ》した以上、いずれは他の衣服も揃えていくべきなのでしょう。ですが、今はこの格好が落ち着きます。私の人生と共に、歩んできた衣装《いしょう》なので」

その言葉に、僕は無言でうなずく。彼女には彼女なりに、深い思《おも》い入《い》れがあるのだろう。

そのまま僕たちは静かに歩を進めた。今日は彩夢咲《あやめざき》家へ寄る予定になっていたから、いつものようにアイシャさんが迎えに来てくれた、というわけだ。

昨日は色んなことが起きた。整理が追いついてないことも、たくさんある。

それはアイシャさんも同じだろうけど、彼女の立ち振る舞いに変化は見られない。

そのことが頼もしく、なぜか僕まで誇らしい気持ちになってくる。

メイドであろうとなかろうと、彼女は有能なんだ。

と、そのとき、前の方から誰かが駆けてきた。

褐色の肌と健康的な笑みが似合う、中学生くらいの活発《かっぱつ》な女の子だ。

その姿に見覚《みおぼ》えはなく、彼女の方も僕たちに目もくれようとしない。

その子は僕たちの横をすり抜《ぬ》けるように通り過ぎ、

「えっ」

そのすれ違いざま、僕は声を漏らして振り返る。

彼女が、ポツリとつぶやいたんだ。

「カツ丼」と。

しかし彼女は振り返ったりせず、そのまま軽快に駆けていく。そしてその姿は、次第に街中へ消えていった。

「どうかしましたか？」

「……いえ、行きましょう」

軽く頭を振りつつ、僕の口元は自然とほころんでいた。

聞き間違いかもしれない。ただの思い込みかもしれない。

でも、もしかしたら、あいつは今も『いる』んじゃないかなって、そう思えたから。

「こんにちは、生斗《いくと》さん」

彩夢咲《あやめざき》家の大広間へ招かれた僕は、そこでレオナと再会した。

彼女は軽《かろ》やかな足取りで、こちらに駆け寄ってくる。

「案内ありがとう、お姉ちゃん」

「どういたしまして、レオナ」

レオナとアイシャさんは、自然な様子で会話を交わしている。

そんな二人を見ていると、こっちまで和やかな気持ちになってくるが、

「それでは生斗《いくと》様、始めましょうか」

「あ、はい」

アイシャさんに呼ばれ、すぐに心を引き締めた。

僕たちの身に起きたことの、確認と報告。それが、今日集まった主《おも》な目的なんだ。

「では、わたしから。殺人衝動は、起きませんでした」

そう言ってレオナは、何も身に付けてない両手を広げて見せた。

「生斗《いくと》さんたちと別れた後、陽が暮れても、何も起きなかったんです。それだけではありません。記録《きろく》していた『生斗《いくと》さんが死ぬ瞬間』を、改めて鑑賞《かんしょう》してみたんですけど、やはり同じでした。あの激しい高揚《こうよう》も、激情も、わたしの中から消《き》え去《さ》ったと思っていいはずです」

「そうか、僕もだ。さすがに『死ぬかどうか』を試す勇気はなかったけど、はっきりと、実感してるんだ。不死者ではなくなったって」

体調の変化や、身体の変化。そういう感覚的なことでしか言えないけど、『変わった』という実感が、全身に広がっているんだ。たぶん今は死んだら死ぬし、これまでのような無茶なことはできない。そういう確信がある。

「……じゃあ、決まりですね」

僕の言葉を聞いて、レオナは小さくうなずく。

「明日から、わたしたちは他人同士《どうし》です」

彼女のその宣言を、僕は静かに受け止めた。

――僕たちをつないでいたのは、殺し、殺される関係だ。不死者でも暗殺者でもなくなった今、お互いに関《かか》わり合《あ》う必要はない。だから、レオナの言ってることは正しい。

「これ以上は話し合うこともないでしょう。お疲れ様でした」

彼女はなんの表情も浮かべず、一礼する。

もう僕には興味がない、とも受け取れる態度に、胸に痛みが走る。

けれど、レオナの両手はかすかに震えていて、

「で、でもさ！」

その手を見た瞬間、叫んでいた。

「僕たちと『契約』を交わした神様って、気まぐれなんだよな！」

「……そう、でしたね」

レオナは顔を上げ、再びこちらを見つめる。

「じゃあ、もしかしたら、呪いは解けてないかもしれないよね？」

「は、はい？」

「呪いを解いたフリをしただけかもってこと。レオナの衝動は、今は収まってるけど、余韻《よいん》や余波《よは》というか、ふとした瞬間に、また発症する可能性はある。そうだよね？」

「そう、ですね。その可能性は、ゼロじゃありません」

「じゃあ、そのときは、僕を殺せばいい！」

はっきり言《い》い放《はな》つと、彼女は大きく目を見開いた。

「僕だって同じなんだ。不死状態が解けてない可能性は、ゼロじゃない。もちろん実際に試してみなきゃ分からないよ。でも、もしも本当に、レオナにまた衝動が起きたとき、無関係な人よりは僕を殺した方が、被害が出ない可能性は高いよね？」

「……理屈の上では、そうかもしれません。でも、いつ、その衝動が出るかなんて、わたしにも分かりません」

「だったら、いつでも側にいるよ」

「………えっ」

「レオナの側に、ずっといる。君と一緒に生きていきたいんだ」

「ほ、本気で、言ってるんですか……？」

「僕はいつだって大真面目《まじめ》だよ」

レオナの頬に、朱色《しゅいろ》が灯る。

彼女は瞳を潤《うる》ませ、ゆっくりと、首を縦に振った。

「どうなっても、知りませんよ？」

「望むところさ」

僕たちは見つめ合い、お互いに笑みを浮かべる。

「契約は延長《えんちょう》、ということでよろしいでしょうか？」

「うわっ」

「ひゃん！」

そんな僕たちの間に、アイシャさんが割って入った。

「では、ひとまずはこれまでの報酬を払わなければなりませんね。さすがにこれ以上、支払いを引《ひ》き延《の》ばすわけにはいきません。彩夢咲《あやめざき》家の名誉《めいよ》にも関わってきますので」

報酬？　報酬って、確か……、

「え、ちょ、ちょっと、待って」

すっかり忘れかけていたことを思い出し、鼓動が跳ね上がる。

目の前にいるレオナも、うつむき、両手の指をモジモジさせていたが、

「そう、ですよね。わたしには、当主としての責任があります」

真っ赤に染まった顔を上げ、こちらを見上げた。

「生斗《いくと》さん、受け取ってくれますか？」

「う、は、はひ！」

思わず舌《した》を噛み、あまりの痛みに悶絶する。

その反応がおかしかったのか、レオナは口元を緩ませた。

それは、今まで見てきた中でも、とびっきりの笑顔だ。

この笑顔を、守りたい。

僕はただ素直に、そう思った。

あとがき

はじめましての方《かた》も、そうでない方も、こんにちは、こんばんは。麻宮楓《あさみやかえで》です。
今作《こんさく》をお買《か》い上《あ》げいただき、誠《まこと》にありがとうございます。拙《つたな》い作品《さくひん》ですが、少《すこ》しでも楽《たの》しんでいただければ幸《さいわ》いです。

前作《ぜんさく》から一年以上《いちねんいじょう》が経《た》ちました。相変《あいか》わらず執筆《しっぴつ》するかゲームするかの日々《ひび》を送《おく》ってばかりですが、なんとか今日《きょう》も生《い》きてます。

デジタル、アナログを問《と》わず、世《よ》の中《なか》には様々《さまざま》なゲームがありますね。とてもじゃないですけど、生きてるうちにその全《すべ》てを遊《あそ》び尽《つ》くすことなんて、できそうにありません。だからこそ、巡《めぐ》り合《あ》えたゲームとは真剣《しんけん》に向《む》き合《あ》い、真剣に遊ぶべきなのでしょう。

今作もゲームを題材《だいざい》とした物語《ものがたり》です。主人公《しゅじんこう》たちが命《いのち》がけのデスゲームにどう関《かか》わり、どう取《と》り組《く》んでいくのか。そのあたりに注目《ちゅうもく》していただければ、と思《おも》います。

手探《てさぐ》りで書《か》き進《すす》めた箇所《かしょ》も多々《たた》あり、なかなかの難産《なんざん》となりましたが、その分《ぶん》、思《おも》い入《い》れもたっぷりです。生斗《いくと》とレオナの、ちょっぴり不思議《ふしぎ》な関係《かんけい》を、どうか温《あたた》かく見守《みまも》ってくださいませ。

出版《しゅっぱん》に当《あ》たり、多《おお》くの方のお世話《せわ》になりました。
担当《たんとう》の和田様《わださま》、藤原様《ふじわら》。
イラストのしぐれうい様。
その他《ほか》、製作《せいさく》に携《たずさ》わってくださった全ての方。
そして読者《どくしゃ》の皆様方《みなさまがた》にも、改《あらた》めて感謝《かんしゃ》を。
本当《ほんとう》に、本当にありがとうございました！

それでは、またいつかどこかでお会《あ》いしましょう。
ご縁《えん》がありますように。

麻宮《あさみや》　楓《かえで》

◉麻宮 楓著作リスト

「リリスにおまかせ！」（電撃文庫）
「リリスにおまかせ！②」（同）
「リリスにおまかせ！③」（同）
「まじ×どら」（同）
「なないろリバーシブル」（同）
「はじめてのクソゲー」（同）
「きみのぱんつを守りたい！」（同）
「シノシノ」（同）
「クローズドセブン（上）」（同）
「クローズドセブン（下）」（同）
「姫咲《ぼく》アテナ《かのじょ》は実在しない。」（同）
「不死者と暗殺者のデスゲーム製作活動」（同）

本書に対するご意見、ご感想をお寄せください。

電撃文庫公式ホームページ 読者アンケートフォーム
http://dengekibunko.jp/
※メニューの「読者アンケート」よりお進みください。

ファンレターあて先
〒102-8584　東京都千代田区富士見1-8-19
電撃文庫編集部
「麻宮 楓先生」係
「しぐれうい先生」係

本書は書き下ろしです。

電撃文庫

不死者《ぼく》と暗殺者《かのじょ》のデスゲーム製作活動《せいさくかつどう》

麻宮《あさみや》 楓《かえで》

2018年7月10日　初版発行

発行者　郡司 聡
発行　株式会社 KADOKAWA
〒102-8177　東京都千代田区富士見 2-13-3
0570-06-4008（ナビダイヤル）
装丁者　荻窪裕司（META＋MANIERA）
印刷　株式会社暁印刷
製本　株式会社ビルディング・ブックセンター

カスタマーサポート（アスキー・メディアワークス ブランド）
［電話］0570-06-4008（土日祝日を除く 11 時～ 13 時、14 時～ 17 時）
［WEB］https://www.kadokawa.co.jp/（「お問い合わせ」へお進みください）
※製造不良品につきましては上記窓口にて承ります。
※記述・収録内容を超えるご質問にはお答えできない場合があります。
※サポートは日本国内に限らせていただきます。
※定価はカバーに表示してあります。

ISBN978-4-04-893918-8　C0193　Printed in Japan

電撃文庫　http://dengekibunko.jp/

電撃文庫創刊に際して

文庫は、我が国にとどまらず、世界の書籍の流れのなかで〝小さな巨人〟としての地位を築いてきた。古今東西の名著を、廉価で手に入りやすい形で提供してきたからこそ、人は文庫を自分の師として、また青春の想い出として、語りついできたのである。

その源を、文化的にはドイツのレクラム文庫に求めるにせよ、規模の上でイギリスのペンギンブックスに求めるにせよ、いま文庫は知識人の層の多様化に従って、ますますその意義を大きくしていると言ってよい。

文庫出版の意味するものは、激動の現代のみならず将来にわたって、大きくなることはあっても、小さくなることはないだろう。

「電撃文庫」は、そのように多様化した対象に応え、歴史に耐えうる作品を収録するのはもちろん、新しい世紀を迎えるにあたって、既成の枠をこえる新鮮で強烈なアイ・オープナーたりたい。

その特異さ故に、この存在は、かつて文庫がはじめて出版世界に登場したときと、同じ戸惑いを読書人に与えるかもしれない。

しかし、〈Changing Times,Changing Publishing〉時代は変わって、出版も変わる。時を重ねるなかで、精神の糧として、心の一隅を占めるものとして、次なる文化の担い手の若者たちに確かな評価を得られると信じて、ここに「電撃文庫」を出版する。

1993年6月10日
角川歴彦

電撃文庫DIGEST　7月の新刊

発売日2018年7月10日

エロマンガ先生⑩
千寿ムラマサと恋の文化祭

【著】伏見つかさ　【イラスト】かんざきひろ

ムラマサに招待され、女子校の文化祭へと赴いたマサムネたち。謎に包まれていた梅園花の学生生活が今明かされる。恋と青春の文化祭編スタート!

俺を好きなのはお前だけかよ⑨

【著】駱駝　【イラスト】ブリキ

ふっ。ついに始まったか、『俺』争奪戦が……。
あ、どうも久しぶりなジョーロです。
今度の舞台は体育祭で従順なヒロインのムフフハーレム!
あくまで予定な?

GENESISシリーズ
境界線上のホライゾンⅨ〈上〉

【著】川上 稔　【イラスト】さとやす(TENKY)

戦いが終わり講和会議に臨む武蔵勢と羽柴勢。末世解決のため協働を模索する両者だが各国の反発は必至。関ヶ原の戦いや、楽しい御家族合流の行方は如何に!?

勇者のセガレ3

【著】和ヶ原聡司　【イラスト】029

康雄、遂に異世界へと旅立つ!　……のだが、シィを宿す翔子を同行させるため、剣崎家&ディアナは翔子の両親を説得することに!?

魔王学院の不適合者2
～史上最強の魔王の始祖、転生して子孫たちの学校へ通う～

【著】秋　【イラスト】しずまよしのり

魔王学院に転校生として現れた《錬魔の剣聖》。時を同じくして開催される魔族最強の剣士を決する《魔剣大会》。さらにアノスが出場選手として推薦され——?

迷宮料理人ナギの冒険3
～開かない窓の向こうの故郷～

【著】ゆうきりん　【イラスト】TAKTO

指導者のゼンデンが復活した魔王に殺害された——。そのニュースは、大崩落を生き残った者たちを再び絶望の底に叩き落とした。治安が乱れ、秩序が揺らぐ中、ナギたちは脱出への一縷の望みをかけて、再び迷宮へ挑む!

リア充にもオタクにもなれない俺の青春2

【著】弘前 龍　【イラスト】冬馬来彩

リア充の女王とオタクの姫。覇権争いの場と化した合唱コンクール。どちらでもない「俺」には関係ないはずが、「彼女」のメグのせいで駆け引きに巻き込まれ——。

新作　不死者《ぼく》と暗殺者《かのじょ》のデスゲーム製作活動

【著】麻宮 楓　【イラスト】しぐれうい

平凡な高校生の僕の前に、暗殺一族の少女・彩夢咲レオナが現れ——!?　何度殺されても死のリセットを繰り返す僕と、殺人衝動に悩む少女との秘密のデスゲームラブコメ!

新作　はじらいサキュバスがドヤ顔かわいい。
～ふふん、私は今日からあなたの恋人ですから……!

【著】旭 蓑雄　【イラスト】なたーしゃ

同人即売会の会場で出会った憧れの絵師・ヨミさん。その正体は、えっちなイラスト描いて搾欲しようとする男性恐怖症の落ちこぼれサキュバスで……?　ぽんこつサキュバスとLet's恋人プレイ?

新作　この世界がゲームだと判明して100年が過ぎた
Project[venturum saeculum]

【著】奇水　【イラスト】ピスケ

凄まじい剣技を誇るレベル1の剣士ゼクーの正体と解き明かされる世界の謎とは——。100年振りのプレイヤーを迎え、閉鎖されたゲーム世界が変貌を遂げる!?

新作　アルビレオ・スクランブル

【著】宇枝 聖　【イラスト】白兎うゆ

人類の絶対敵対者〈極限生物〉との「戦役」を乗り越えた世界。その英雄たる青年が日常から戦場に復帰するとき、全ての状況は覆る。これは、伝説の「その先」を描くスクランブル・メカアクション!

ひとつ屋根の下で暮らしていた妹は
俺の担当イラストレーターだった!?
エロマンガ先生《えろまんがせんせい》
eromanga sensei
いもうととあかずのま
伏見つかさ
イラスト◆かんざきひろ
高校生ラノベ作家・和泉マサムネと、
イラストレーターで引きこもりの妹・紗霧が織りなす、
業界ドタバタコメディ!
『俺の妹がこんなに可愛いわけがない』の
コンビが贈る新シリーズ!!
電撃文庫

第24回
電撃小説大賞
金賞
受賞
いつだって、この出会いは必然だった――。
「ねえ、由くん。わたしはあなたが――」
初めて聞いたその声に足を止める。
なぜだか僕のことを知っている
不思議な少女・椎名由希は、
いつもそんな風に声をかけてきた。
Hello, Hello and Hello
笑って、泣いて、怒って、手を繋いで。
僕たちは何度も、消えていく思い出を、
どこにも存在しない約束を重ねていく。
だから、僕は何も知らなかったんだ。
由希が浮かべた笑顔の価値も、
零した涙の意味も。
たくさんの「初めまして」に込められた、
たった一つの想いすら。
葉月 文
イラスト／ぶーた
電撃文庫

デュラララ!!
SH
成田良悟
Ryohgo Narita
イラスト:ヤスダスズヒト
Illustration : Suzuhito Yasuda
ダラーズの
終焉から一年半。
池袋は今、新しい風を
迎えようとしていた――。
ダラーズの終焉から一年半。
首無しライダーに憧れて
池袋に上京してきた少年と、
首無しライダーを追いかけて
失踪した姉を持つ
少女が出会い、
非日常は始まる――。
電撃文庫